호두나무 작업실

호두나무 작업실

소윤경 에세이

사□□계절

에세이 출간 제의를 받고 무척이나 기뻤다. 출판 동네에 사는 화가이긴 하지만, 아직 쓰지도 않은 원고를 기다려준다니! 편집자는 미래의 눈으로 나도 모르는 나를 열어본 것일까? 설레는 마음으로 노트북까지 장만하고 새로운 미지의 영토로 떠날 채비를 했다.

막상 글을 쓰기 시작하자 두려움이 고개를 들었다. 그림은 아무리 사실적으로 그린다 한들, 그 누구도 그것을 현실이라고 생각하지는 않는다. 반면에 글은 매우 직접적인 전달 방식이다. 한평생 그림 뒤에서 은둔하듯 살아온 내가 민낯 같은 사적인 애기를 풀어내야 한다니. 부담스러워 현기증이 났다.

사실, 소셜 미디어에 사진과 짧은 몇 마디 글을 올리고 나서도 안절부절못하는 소심한 성격이다. 그러나 책에 글을 쓰고 그림을 그려온 화가로서 적지 않은 일화들이 쌓여 있고 이 또한 누군가에겐 궁금한 세계가 아닐까 싶었다.

마음에 방탄 갑옷을 두르고 무작정 길을 나서기로 했다. 수많은 번민의 날들이 지나면 내 손에 한 권의 책이 쥐어질 것이다.

그리고 쓸쓸하기도 뿌듯하기도 한 미소를 짓게 될 것을 알기 때문이다.

글들은 텃밭의 채소들처럼 무수히 열렸다. 더러는 살아온 날들의 어설프고 서툰 모양새가 영 못마땅하기도 했다. 곱고 예쁜 단어들로만 채워지지 않는 인생의 공란들이 생각보다 많기 때문일까?

화가에게 일상과 창작은 어쩌면 이음동의어일지 모른다. 어느 하나가 구르지 않으면 제자리에서 맴도는 두 개의 바퀴처럼. 그림 그리며 사는 삶이 녹록지 않음을 화가들은 잘 안다. 그림을 그려 생활을 꾸려가는 일이란 멀리서 보면 평온해 보이겠지만, 부단히도 치열한 삶이다.

잡초가 무성해지기 전에 밭을 갈고, 작물을 키워내며 또 다음 농사를 준비해야 한다.

그림과 글들은 나의 몸과 시간을 먹고 자라난다. 스스로 비옥한 땅이 되기 위해 넉넉한 양분이 필요하다. 충분한 휴식과 햇빛과 비와 바람… 그리고 지렁이와 벌레들까지도.

집필을 시작하고서 몇 년의 시간이 훌쩍 흘러가버렸다.

원고들을 추려내고 보니 마치 애써 키운 배추들을 바라보는 기분이다. 거친 겉잎은 모조리 떼어내고, 노란 배춧속만 남긴 모양새다. 그나마 속이 여문 것들을 여기 골라 담아보았다. 오후의 햇살을 받으며 자라난 싱싱한 글들이니 부디 맛있게 읽어주시기를.

이 책은 시골에 살며 그림 그리는 일을 하는, 한 오지 여행자의 생활 수기라고 보면 될 것이다. 어딘가에서 화가의 삶을 꿈꾸고 있을 누군가에게 건네는 작은 응원이 될지도 모르겠다.

내가 통과하고 있는 오후의 시간,

빛의 각도와 정원에 새로이 핀 꽃들, 새들의 지저귐을,

차 한잔과 함께 찬란한 당신과 나누고 싶다.

차례

오!

마이

컨트리

외출

대나무 돗자리에서 등이 배기도록 자고 일어나 모닝커피를 내린다. 말복이 지났다. 오전까지는 잠깐 선선한가 싶다가도 한낮엔 여전히 찜통더위다. 또다시 망설인다. 외출 때문이다. 출판사와 약속이라면 두 번 생각할 필요도 없겠지만 오늘의 외출은 '필수'가 아니다. 냉동실에서 꺼낸 식빵을 데우고 커피를 마신다.

첫 번째 일정은 효자동. 지인의 전시 오프닝이 있다. 그다음은 한 달에 한 번 있는 그림책 작가들 모임이다.

'오늘 나갈 것인가, 말 것인가.'

번뇌가 이어진다.

양평에서 서울을 차로 왕복하는 데 서너 시간은 족히 걸린다. 아까운 하루를 전부 써버리게 된다. 게다가 오늘은 진행 중인 그림을 좀 더 그려야겠다는 생각도 든다. 많은 화가들이 그렇듯, 나도 붓을 잡아야 할 때를 직감적으로 알고 있다. 손에 힘이 '빡!' 하고 들어가는 순간이 있다. 눈과 정신이 명료해지고, 작업이 쉽게 술술 풀릴 것 같은 기분이 드는 날.

그림은 자신이 만든 공간 속으로 빠져들어가는 작업이다. 그림 속으로 쑥 들어가 연필과 붓을 놀릴 수 있는 몰입의 시간이야말로 나에게 절대적인 가치를 지닌다. 그런 시간을 갖기 위해서 잠을 자고, 밥을 지어 먹고, 책을 읽고, 운동을 한다. 여행을 하고, 지식과 경험을 쌓는 것도 모두 작업을 위한 밑거름이다.

오늘 오전은 그런 시간이 내게 다가왔음을 커피 잔을 쥐고 있는 손이 말해주었다.

하지만 여름내 작업실에 박혀 숨 막히는 더위와 권태로운 시간을 견뎌오지 않았던가! 오랜만에 반가운 얼굴들을 만나 사는 얘기도 나누고 좀 웃고 떠들어야 하지 않을까?

작업실 문을 열어본다. 그리다만 그림이 멈춰 있다. 그림 속 무희들은 아직 화려한 동작을 만들지 못했고 무대는 어정쩡하게 세워져 있다. 오늘 집중하면 스케치를 완성할 수 있을 것 같다. 그림 일정을 진척해가는 게 더 낫지 않을까?

사실, 난 작가나 화가치곤 행사나 모임에 잘 나다니는 편이다. 창작 작업을 한다는 것과 사람들과 교제하는 건 그리 좋은 궁합은 아니다. 더군다나 요즘 추세로는 일러스트 일을 의뢰받더라도 편집자를 만나서 회의하고 식사하는 자리가 드물다. 심지어 책이 완성될 때까지 편집자를 전화 목소리로만 알고 지내고, 카톡 사진 속 얼굴과 대화하다 일이 끝나기도 한다. 다소 삭막해 보이지만 낯설지 않은 상황이 되었다. 그러니 작업실에 박혀 고립되어 있다 보면 점점 더 외출이 귀찮아진다. 대인기피증이 생기기도 한다. 어쩌다 사람들이 많이 모이는 행사에 가면 정신을 차릴 수 없고 어디론가 숨어버리고 싶어진다. 외출이 용기를 필요로 하는 단계에 이른다.

장고의 고민 끝에 외출을 선택했다. 입고 나갈 옷을 고른다. 평상시 입던 티셔츠와 반바지를 입고 나갈 수는 없는 노릇이다. 지난번과 똑같은 원피스 차림으로 나가기는 더 싫다. 나름 패셔너블한 것을 좋아하는데 당장 입을 옷이 마땅치 않다.

외출복을 미리미리 쇼핑해두지 않은 걸 후회한다. 할 수 없이 여름이면 늘 입는 야자수 무늬 초록 원피스를 입었다. 신발은 어느 벼룩시장에서 산 싸구려 빨간 샌들을 신기로 한다. 밑창이 너덜너덜하다.

마지막으로 텃밭에서 아침에 따온 풋고추와 가지를 쇼핑백에 담는다. 오늘 만나는 사람들에게 나눠줄 생각이다. 보리가 먹을 사료와 물도 넉넉히 부어둔다. 집 문들을 잠그고 차에 올라 운전대를 잡는다. 불볕에 달궈진 차에 앉으니 얼굴 화장이 녹아내리려 한다. 등과 엉덩이에 땀이 밴다. 그새 간식을 먹어치웠는지 집 안에 갇힌 보리가 날 원망하듯 마구 짖어댄다. 차에 시동을 건다.

"부르릉~!"

서울을 향해 출발이다.

오늘은 별이 총총한 밤에 발그레한 얼굴로 돌아올 것이다.

하루 이틀은 사람들 목소리가 귓가에 남아 맴돌게 되겠지. 사람들과 나눈 얘기들을 두고두고 곱씹으며, 잘못 흘린 말들 때문에 또 며칠을 전전긍긍해야 할지도 모른다. 하지만 너무 걱정하진 말자. Y수영장에 가서 실컷 수영하고 나면, 차가운 염소물이 머릿속 뇌까지 깨끗이 헹궈줄 테니까. 그리고 마침내 손에 힘이 '빡' 하고 들어가는 시간이 다시 오리라. 그러면 고요한 책상 앞으로 돌아가 정지된 채로 서 있던 내 인생을 어영차~! 힘차게 그려나가면 된다.

시골집 인테리어

어느 날 덥석 시골에 낡은 전원주택을 사고 말았다. 이상한 용기의 기류가 몸속에 흐르고 있던 시기였다. 처음 집을 사고 나면 누구나 그러하듯 한동안 정열적으로 집 꾸미기에 몰두하게 된다. 빚을 져서라도 멋지게 나만의 공간을 꾸미고 싶어진다.

인터넷으로 인테리어 사진들을 둘러보면 눈이 돌아간다. 다양한 콘셉트에 따라 아기자기하게 장식한 집이 왜 이리도 많은가! 사고 싶은 가구와 소품들도 천지다.

을지로 상가를 돌아다니며 일일이 타일과 벽지를 고른다. 싱크대는 큰맘 먹고 고가의 제품을 선택한다. 싱크대는 집의 격조를 말해준다고 귀에 못이 박히게 들었다. 물론 디자인과 재질이 좋으면 유행을 덜 타고 럭셔리해 보이지만 가격 면에서 그만큼 가치가 있을까 싶다.

제재소에서 가문비나무 원목을 골라 트럭으로 배달시킨다. 집 안에 들어가는 테이블과 책장은 목수 친구들이 일당만 받고 짠다. 밤새 눈이 빨개지도록 인터넷을 뒤져 천을 고르고, 커튼을 만들어 단다. 일생에 제일 큰 쇼핑을 했으니 간은 부을 대로 부어 부수적인 지출 따윈 겁도 나지 않는다. 반은 정신 나간 상태가 지속된다.

이포 강변에 차를 끌고 간다. 둥글고 넓적한 돌들을 골라 차 트렁크에 주워 담는다. 채굴이 아닌 이상 동네 사람이 돌 몇 개 집어 가는 걸 누가 뭐라 하랴. 차가 가파른 강둑을 올라가려다 뒤집힐 것만 같다. 돌 무게로 차 뒷바퀴가 내려앉을 지경이다. 나도 참 극성맞은 인간이라고 생각한다.

대문 앞에 호미로 흙을 파고 돌들을 박아 넣는다. 예전엔 돌로 지은 집들이 꽤나 있었지만 지금은 자갈이나 돌을 채취하는 건 불법이다. 4대강 사업이 시작되기 직전이었다. 얼마 후 이포 강변 자갈들은 모두 공사용으로 채취되어 사라져버렸다. 마지막으로 그곳의 돌들을 기념품처럼 가지게 된 셈이다.

집 리노베이션 공사에 필요한 자재는 중고로 구입한다. 중고 자재상에 가는 일은 마치 어릴 적 다락방에서 보물을 찾는 기분과 흡사하다. 너른 부지에는 개들이 여기저기 묶여 있다. 아파트 모델하우스에서 떼 온 물건들은 꽤 쓸 만하다. 현관문, 새시, 테이블, 의자, 조명, 카펫 등 운 좋으면 고가의 물건들을 싸게 살 수 있다. 그러나 불필요한 물건들까지 사게 되는 실수를 하기 십상이다. 옥상에 깔 방부목을 사서 트럭으로 실어 왔다. 결국 반도 안 쓰고 몇 년을 창고에 묵히다 지인에게 보냈다.

집 꾸미는 일은 처음 집을 사고 흥분에 들떠 있을 때 해야 된다고들 했다. 사실 그 말이 맞았다. 일년이 지나자 집 고치기에 대한 열정은 급속히 시들어갔다. 값비싼 정원수들은 토질과 기온이 맞지 않아 겨우내 얼어 죽어버렸다. 고가의 영국제 앤티크 의자를 사들이다니 완전 제정신이 아니었구나. 무지와 로망으로 날린 허망한 지출!

몇 년 살다 보니 집에 지나치게 돈을 쓰는 건 어리석은 짓이란 걸 깨닫는다. 평생 살 거 같지만 인간의 마음이란 늘 변하는 법. 사람이 사는 집은 자신의 옷처럼 남들이 언뜻 봐서는 모른다. 집이 비싸고 럭셔리해 보여도 사는 사람에게 맞지 않으면 정이 들지 않고 편안해지지 않는다.

내 살림들 중엔 전에 살던 아파트 단지에서 주워 온 물건들이 있다. 재개발 예정 아파트 단지에는 주로 신혼부부나 노인들이 산다. 이사철엔 재활용 천막 주위로 쓸 만한 가구나 가재도구들이 버려져 있기 마련이다. 제법 상태가 양호한 물건들이 나올 때도 있다.

어르신들 필수품이었던 자개 화장대는 거울 부분만 분리해서 벽에 걸어두면 오리엔탈 스타일로 멋스럽다. 질 좋은 항아리는 도시에서 구하기도 어려울 뿐더러 사려면 꽤 비싸다. 겨울용 무를 넣어두거나 빗물받이로 쓴다. 식탁과 의자는 이사할 때 항상 버려지는 가구다. 예쁜 식탁보를 깔면 보조 테이블로

쓸 만하다. 바퀴 달린 수납장도 잘 닦아 전자레인지, 커피포트, 토스트기 등을 올려둔다. 빈 화분은 흙과 부엽토를 담아 작은 화초나 허브들을 심는다.

집을 장식하는 방법 중 하나는 표지가 예쁜 그림책을 책장에 올려두는 것이다. 굳이 그림을 걸지 않아도 따뜻한 분위기가 연출된다. 커피를 마시며 새로 산 그림책을 올려두고 흐뭇하게 바라본다.

친한 작가들이 전시 때 만든 포스터를 액자에 넣어 걸거나, 구슬핀으로 벽지에 꽂아 가볍게 붙여두어도 좋다.

집을 꾸미던 날들은 인생에서 행복한 시기임에 틀림없다.

시골 문화생활

도서관

처음 겪는 시골 생활의 어려움 중 하나가 문화적인 단절감이다. 영화나 전시를 보려면 도시에 나가 여러 일정들을 한꺼번에 몰아서 봐야 한다.

다행히 차로 15분 거리의 Y면에는 도서관이 있어 책을 빌려볼 수 있었다. 이 또한 장을 본다든지 우체국에 가야 할 일 등을 미뤄두었다가 도서관에 가는 김에 해치우는 식이다. 그렇게 Y 도서관은 사막의 오아시스처럼 낯선 시골 생활에 문화적인 갈증과 허기를 달래주는 고마운 곳이었다.

연일 최저기온 기록을 갈아 치우며 폭설과 한파로 꽁꽁 언 겨울, 빙하 속에 갇혀 지내는 기분이었다. 차에 시동을 걸어 차창의 눈을 녹이는 것도 쉽지 않았다. 눈보라를 뚫고 황량한 겨울 들판을 가로질러 도서관에 들어서면, 책 냄새와 히터 냄새가 몸과 뇌를 덥혀주었던 기억이 난다. 그렇게 두 해가 흘렀을 때 내가 사는 Z면에도 도서관이 들어섰다. 집에서 차로 5분 거리, 지상 3층의 말끔한 건물이 면사무소 옆에 지어졌다. 헬스장을 포함한 문화센터까지 시티 라이프가 부럽지 않았다. Y면 도서관보다 규모는 작지만 더 쾌적하고 여유 있었다. 1층은 어린이 자료실, 2층은 책을 빌려볼 수 있는 종합자료실이다. 3층 열람실은 간단한 스케치 작업이나 글쓰기에 적당하다.

학생들이 들이닥치는 시간만 피한다면 혼자 있는 것이 어색하지 않을 만큼 한산하다. 한여름, 시원한 에어컨 바람이 호사롭다. 더위가 절정에 달하면 아예 Z면 도서관에서 살다시피 한다. 신청한 책들이 왔는지 슬렁슬렁 신간 코너를 둘러본다. 널찍한 가죽 소파에 편히 앉아 골라 온 여러 권의 책들을 훑어본다. 등골에 땀이 식고, 정수리에 열기가 사그라지면 어느새 꾸벅꾸벅 졸기 일쑤다. 한가한 2층 종합자료실과는 달리 3층 열람실에서는 질풍노도의 중학생들이 참새처럼 쉴 새 없이 쫑알거리며 슬리퍼를 끌고 파닥파닥 걷는다.

'나도 저렇게 할 말이 많고 한시도 얌전히 있을 수 없던 시절이 있었지.'

도서관 뒤편 발코니에서 커피를 홀짝인다. 나무들 사이로 매미 소리가 짙푸르다. 구름 한 점마저 모두 태워버린 듯 쨍한 하늘, 도서관을 나와 뜨거운 광장을 가로지른다. 점심으로 시원한 막국수 한 사발이 좋겠다.

헬스장

저녁 무렵이면 뻐근해진 어깨와 목덜미를 부여잡고 하루를 운동으로 마감한다. 단돈 만 원이면 한 달 동안 Z면 헬스장을 이용할 수 있다. 지금은 익숙해진 얼굴들과 가벼운 인사를 하고 러닝머신 위를 걷는다.

처음 Z면 헬스장을 왔을 때만 해도 스스럼없이 말을 걸어오는 동네 어르신들이 어렵고 불편했다. 지금에서야 그분들 나름 '따뜻한 노력'이었음을 안다. 한참 손아래 젊은이(?)에게 인사말을 건네고 안부를 묻는 것이 마음 쓰이고, 부대끼는 일이었으리라.

가끔 후배 작가들이 나를 대할 때 어려워하는 느낌을 받는다. 눈을 마주치지 못할 뿐더러 앞에서는 말을 아끼는 것 같기도 하다. 그 마음이 짐작이 가니, 말을 걸어오는 어르신들 마음이 헤아려지는 것이다. 본의 아니게 두 무대에서 1인 2역을 맡은 배우로 살아간다. 시골 젊은이, 도시 어르신이 되어 있다.

열심히 운동 중인 사람들 열기로 헬스장 안은 후텁지근하다. 사십의 문턱을 넘으면 저 멀리 보이던 오십과 육십의 어른들마저도 친구처럼 느껴진다고 했던 어느 선배의 말이 떠오른다.

나란히 늘어선 러닝머신 위에 사람들이 달린다. 속도를 아무리 올려봤자 제자리걸음일 뿐이다. 등에 땀이 차오른다. 흘끗 주변을 둘러본다. 외모만 달라 보일 뿐 모두 청춘이다. 속도를 올린다. 질주하는 세월을 따라잡으려면 탄탄한 하체가 기본이다.

수영장

Y면에 드디어 스포츠센터가 들어섰다. 너른 논 한가운데라니 위치가 좀 생뚱맞긴 하다. 건물 앞으로는 축구경기장과 육상용 트랙, 족구장과 산책로도 있다. 건물 옆으로는 제법 큰 하천이 흐른다. 여름에는 피서객들과 캠핑족들로 강변이 시끌벅적해지곤 한다.

수영장은 지상 1층에서 건물 천장까지 전체 층고를 사용한다. 전면 통유리창에 햇살까지 스멀스멀 입장하시는 사계절용 실내 수영장이다. 수질도 좋을 뿐더러 평일에는 수영장 한 레일을 혼자 쓸 수 있을 정도로 이용하는 사람이 적다. 한쪽 편에는 6미터 깊이의 다이빙풀이 따로 있어서 주말이면 서울에서 스킨스쿠버 동호회인들이 찾아와 붐비는 모습도 이색적이다. 때때로 그들의 훈련 모습이나 장비들을 부러운 눈빛으로 쳐다보곤 한다. 바다로 나갈 그들의 모습을 상상하면 덩달아 들뜬 기분이 된다. 언젠가 도전해봐야지, 하며 리스트업 해둔다.

영법을 바꿔가며 레일을 왕복하다가 창가 쪽 레일 끝에서 잠시 숨을 고른다. 팔 위에 턱을 고이고 창밖 풍경을 감상한다. 하천 건너 병풍처럼 늘어선 산세가 한 폭의 그림 같다. 스케치 도구를 들고 와서 온종일 수영장 풍경을 그리고 싶을 정도다.

레일 맞은편에서 건장한 남자가 접영으로 오고 있다. 반대 방향에서 개구리처럼 평영으로 가던 내 팔다리를 마구 치고 가버리는 게 아닌가! 수영인들은 아시겠지만 물속에서 수영해 오는 누군가와 몸이 부딪히면 무지 아프다.

남자는 레일 끝에 양팔을 걸치고 쉬고 있다. 팔과 등의 용무늬 문신을 뽐내는 것이리라. 자세히 보니 문신이 좀 바래 보인다. 세월의 풍파를 보낸 문신인 듯하다. 주위를 둘러보니 문신과 내가 있는 레일에만 사람이 없다. 바로 옆 레일에는 젊은 남자들이 바글댄다.

눈썹을 치켜뜨고 눈을 부라리며 녀석을 노려본다. 역시 문신은 외면한 채 사과조차 하지 않는다. 문신이 또다시 무식한 접영으로 날아온다. 수영장의 물을 죄다 퍼 올려버리겠다는 듯이 팔을 요란하게 휘젓는다. 수경을 벗고 허리에 손을 짚고 서서 문신이 날아오는 걸 쭉 지켜본다. 내 눈에서 이글거리는 분노 레이저가 그의 머리를 조준한다. 발사! 문신이 레일에서 3분의 2 정도 오다가 갑자기 접영을 멈추더니 슬그머니 평영으로 영법을 바꾼다. 독수리에서 개구리로 변신한다. 명중했나 보다. 어쩌면 문신은 생각보다 소심한 녀석일지도 모른다.

그 뒤로 우리는 조화롭게 레일을 나눠 썼다. 내가 수영할 때 문신은 레일 끝에서 기다리고, 문신이 먼저 접영을 시작한 뒤에 나도 출발한다. 이렇게 모르던 사이도 한 레일 안에서 잠시 서로의 리듬을 맞춘다.

적정 사이즈

좋게 말하면 아담한 체형이라고 할 수 있겠지만, 키가 작은 편이다. 자신의 외모나 신체에 불만이 없는 사람은 드물겠지만 특히 일상에서 좌절하는 순간이 있다. 비교적 사소한 일이라고 생각한다.

아이였을 때 세상은 다룰 수 없는 물건들로 가득 차 있었다. 자전거는 거대했고, 버스에 올라타는 것은 위태로웠으며, 이불도 무거워 혼자 들어 올릴 수가 없었다. 성인이 되어서는 기성복 중에서 제일 작은 사이즈의 옷과 신발을 착용할 수 있었다. 유행에 따라 바지 기장을 자르거나 소매를 접어 입어야 할 때도 있지만 기성품을 사용한다는 건 정상의 규격 안에 포함된다는 뜻이다. 그것은 소외되지 않는 세계에 속해 살아간다는 의미이기도 하다.

차를 운전하기에 지장 없는 팔다리 길이를 가져서 다행이다. 운전면허를 따기 위해 처음으로 자동차 시트에 올랐을 땐 앉은

키가 작아서 방석을 따로 준비해야만 했었다. 톨게이트에서 통행권을 뽑을 땐 팔이 짧아 차 문을 열고 내려야 할 때도 있었다. 비행기 기내에서 짐칸에 배낭을 들어 올려 넣을 때도 낑낑대다 주변 남성의 도움을 받곤 했다.

영화나 드라마에서 칼부림이나 격투 장면이 나오면 채널을 돌리거나 눈을 감는다. 폭력과 무모한 액션을 즐기지 않는다. 현실에서도 당연히 내 힘으로는 남성과의 결투는 불가능하다. 위험한 상황이 닥치면 도망치는 게 최선일 뿐이다. 만일 건장한 체구의 여성들과 힘을 겨루어야 한다면 제일 먼저 무릎을 꿇게 될 것이다. 달리기와 수영, 등산 등 운동을 좋아하는 편이지만 상대와 맞서 싸우는 운동은 별로 배우고 싶지 않다.

여성들이 물건 앞에서 절망하는 순간은 대개 비슷하다. 유리병 뚜껑이 열리지 않을 때, 무거운 가구를 혼자 옮기지 못할 때 등이다. 필요에 따라 만들어진 모양새이지만 힘으로 어찌할 수 없는 물건들은 때때로 폭력적으로 느껴지기도 한다.

프랑스 유학 시절, 한밤중에 포도주를 마시고 싶어 코르크 마개를 뽑아내려다 절망한 경험이 있었다. 알레산드로 멘디니 Alessandro Mendini가 디자인한 발레리나 모양의 와인 오프너가 있었더라면 문제도 아니었을 텐데, 그날 밤 단순한 T자형 병따개밖에 없었다. 온전히 손아귀와 팔 힘으로 병뚜껑을 열어야 했다. 무릎 사이에 병을 끼우고 온갖 힘을 줘도 마개는 꿈쩍도 하지 않았다. 한참을 포도주 병과 실랑이를 벌이며 시도하고 포기하기를 반복하느라 진땀을 흘렸다.

난감하고 화가 났다. 겨우 포도주 한 병을 마시기 위해 얼굴이 뻘겋게 용을 쓰고 있다니! 결국 나이프로 병마개를 조금씩 분해하고 젓가락으로 마개를 안으로 밀어 넣었다. 춥고 외로운 타지의 밤, 혼자 코르크 부스러기가 둥둥 뜬 포도주를 마시며 울적했던 기억이 난다.

유독 팔 힘이 없어 드링크 병마개도 못 돌릴 때면, 여전히 세상을 꼬마로 살아가는 기분이다. 세월이 흘러 늙고, 장애가 오거나, 병이 들면 세상은 또 얼마나 더 멀고 어려운 곳으로 변해버릴까. 세상의 물건들은 더 견고하고 오만하게 입을 앙다물고서 내게 문을 열어주지 않을 테지.

건강한 성인 여성인 내가 느낄 수 있는 불편함은 그다지 대수로운 게 아닐 수도 있다. 온갖 기성품 속에 살아온 나는 물건뿐 아니라, 삶 자체도 기성품같이 획일적인 기준에 몸을 맞추고 살아오진 않았을까. 입시, 대학, 연봉, 결혼, 자녀, 아파트…. 기성화된 고정관념과 시선들로부터 소외되고 모멸감을 견디기도 했다.

과연 나 자신에게 문제가 있어서였을까?

아니다. 단지 '현실의 자'로 잰 나의 사이즈가 기성품과 맞지 않았을 뿐이다. 누군가는 내 삶을 재단하며 이런저런 말을 할지도 모르겠다. 그러나 아무도 내 몸과 마음의 사이즈를 알지 못한다. 내게 소중한 꿈과 지켜야 할 행복들을 잴 수 있는 자는 세상에 없기 때문이다.

떡붕이를 찾아서

가수는 자신이 부른 노랫말대로 살아간다고 한다. 노래를 통해 주술의 힘이 작용하는 원리일까? 작가도 자신이 만든 이야기가 눈앞의 현실에서 벌어진다면 깜짝 놀랄 일이다. 그런데 그런 일이 내게 생겼다.

13년간 기르던 거북이가 그림책 내용처럼 실제로 집을 나간 것이다. 당시 시골로 이사 와서 집 정리를 하느라 떡붕이에게 제대로 신경을 쓰지 못하고 있었다. 낯선 집으로 오게 된 떡붕이는 온종일 거실을 쏘다니며 안정을 취하지 못했다. 아마도 확연히 달라진 공기를 느끼며 자연의 부름을 예감하고 있었을까.

마당에 나가 햇빛을 쬐어줘야겠다고 녀석을 들고 나간 게 화근이었다. 잔디에 떡붕이를 내려놓고 잠시 한눈을 판 사이에 녀석이 감쪽같이 사라졌다. 그제야 이곳은 문도, 담도 없는 시골 언덕, 사방팔방이 뚫려 있는 허허벌판이라는 걸 깨달았다.

황급히 떡붕이를 부르며 주위를 둘러보았지만 녀석은 흔적

조차 보이지 않았다. 혼비백산해서 창고에서 낫을 들고 나왔다. 당시 집은 마당이 정리된 상태가 아니었다. 전 주인이 마당을 방치해두었기 때문에 야산 산기슭과 다를 바가 없었다. 마당을 뒤덮고 있는 개망초꽃들을 미친 듯이 베어냈다. 풀숲에 떡붕이가 숨었을 거라고만 생각했다.

풀을 베어내느라 점심시간을 넘기고, 오후 햇살 아래 얼굴이 붉게 달아올랐다. 땀이 비 오듯 흘러내렸지만 낫질을 멈출 수 없었다. 잡초들을 다 베어냈는데도 떡붕이는 보이지 않았다. 아마도 다른 방향으로 간 모양이다. 마당엔 없는 것 같았다.

이번엔 이웃들에게 찾아가 거북이를 찾는다는 얘기를 했다. 누군가는 이장에게 가서 마을 방송을 하라고 했다. '거북이를 보신 분은 새로 이사 온 아무개네로 연락주시기 바랍니다.'

심란해 죽겠는데 마을 아주머니들이 놀러와 한참 수다를 떨다 갔다. 속이 타들어갔다. 날이 저물었다. 아랫집 아저씨는 혹여 자신의 비닐하우스로 거북이가 들어왔는지 어둠 속에서 라이트를 켜고 찾아봤지만 소용없었다고 했다.

결국 그렇게 며칠이 흘러갔다. 며칠 뒤, 동네 할아버지가 그날 골목길을 기어 내려가는 거북이를 봤다고 전해왔다. 낯선 거북이의 출현에 그저, '거, 참. 희한한 일이네.' 하며 그냥 지나치셨다고 한다. 마을을 내려가면 논이 있고 수로가 개울과 연결된다. 아랫마을엔 낚시꾼들 사이에서 제법 유명한 커다란 저수지가 있다. 어쩌면 떡붕이는 개울을 따라서 저수지까지 흘러

갔을지도 모른다. 그 길로 멀리 한강까지 나갔을 수도 있다.

그렇게 오랫동안 가족처럼 지내온 떡붕이를 잃어버렸다. 상실감은 이루 말할 수 없었다. 밥을 먹다가도 울고, 잠을 자다가도 운전을 하다가도 울었다. 떡붕이 등껍데기와 몸을 만졌던 감촉이 내 손에서 지워지지 않았다. 도로 위 어디선가 거북이가 걸어가는 것처럼 보여서 급히 차를 세우기도 했다.

진행해오던 '떡붕이' 그림책을 멈췄다. 떡붕이를 잃어버린 슬픔으로 나머지 그림을 그릴 수가 없었다. 반년이 흘러갔다.

나의 첫 그림책인 『내가 기르던 떡붕이』는 집 안에서만 지내던 거북이가 주인 몰래 가출을 해서 세상 구경을 하는 이야기다. 도시의 낯선 길을 헤매다 좋은 친구, 나쁜 친구를 만나다가 결국 사람들의 도움으로 집으로 돌아오는 내용이다.

아파트에서 살 때, 떡붕이를 매일 단지 풀밭에서 산책시키곤 했었다. 잔디 위를 어찌나 빠르게 걸어가는지 잠시도 한눈을 팔아선 안 됐었다. 시골로 이사해서 떡붕이가 맘껏 헤엄치며 노닐 수 있게 연못을 만들어줄 생각이었다. 수련도 심고, 물배추와 부레옥잠도 띄우고, 쉴 만한 바위섬도 세워주고 싶었다. 이젠 다 부질없는 생각이 되었다.

떡붕이는 대학 졸업 후 작업실 근처에 있는 모래네 시장 생선 가게에서 처음 만났다. 화창한 봄날이었다. 큰 대야 가득 꼬물대는 새끼 거북이들 중에서 한 마리를 골랐다. 생선 가게 아줌마는 검정 비닐봉지에 동전만 한 녀석을 담고 젖은 손으로 천 원 지폐를 받았다.

처음엔 금붕어 한 마리쯤으로 생각하고 데려왔는데 녀석은 생각보다 앙증맞은 짓을 하는 게 아닌가! 주인을 알아보고 눈도 맞추고 잠도 같이 잤다. 친구가 와서 나란히 앉아 있으면 화가 난 눈으로 달려와(?) 둘 사이를 떼어내고 내 다리 위에 앉아 있곤 했다. 작은 새우를 먹거나 상추를 먹을 땐 떡붕떡붕 야무지게 먹어댔다. 이런 말을 하면 아무도 믿지 않는 눈치다.

마음이 지치고 힘들 때면 거북이 특유의 관조적인 얼굴 표정을 보면서 위로를 받곤 했다. 내게는 개나 고양이와 다를 바 없는 반려거북이었다. 지금까지 떡붕이가 살아 있다면 스물세 살이 넘었을 것이다. 떡붕이를 처음 만났을 때의 내 나이이기도 하다.

운동을 하고 나서 차를 몰고 돌아오는 시골 밤길은 캄캄하다. 산길을 휘돌아 달리면, 달빛에 빛나는 저수지가 나온다. 차 창문을 내리고 소리친다.

"떡붕아!"

"잘 지내?"

"사랑해~!"

인생의 황금기

"인생의 황금기를 언제라고 생각해?"

P와 저녁을 먹고 느긋해져 담소를 나누는 중이다. 나는 삼십 대가 가장 좋은 시절이었다고 했다. 나에게 삼십 대란 사회적으로 성장하며 스스로 경제력을 갖출 수 있는 시기였다. 여성으로서 원숙해지고 만사에 자신감이 넘쳤다. 체력이 되니 많은 일들을 도전하고 즐기며 할 수 있었다. 더러 안 좋은 사건 사고들도 생겼지만 어른이 되어가면서 겪게 되는 일들이라고 생각했다.

사회는 삼십 대 젊은이의 힘찬 에너지를 흡수한다. 아직은 세상을 향해 호기심과 동시에 두려움을 느끼고, 때 묻지 않았기에 도덕적이며, 감성과 이성이 균형을 이룬다.

이십 대의 방황과 혼돈은 안개가 걷히듯 사라졌다. 세상의 가능성들이 손을 내밀었다. 인정받기 위해 노력, 정진하는 날들이다. 바쁜 마감 일정 속에서도 시간의 틈을 벌려 여행을 떠났다.

배낭을 메고 인도에 가고 히말라야에도 올랐다. 동남아의 오지와 밀림도 누비고 다녔다.

삼십 대에 가장 큰 변화는 과감히 서울 생활을 청산하고 시골로 이사를 간 것이다. 그 와중에도 조용한 날은 없었다. 집을 고치고 시골 텃세와 싸우고 정원을 일구느라 여념이 없는 생활이었다. 몇 년의 고생 끝에 시골집은 온전한 안식처가 되어주었다. 사랑스런 반려견 보리를 만나 매일매일이 따스한 날들이다.

P는 사십 대인 지금이 인생에서 가장 행복하다고 한다. 이제 세상이 조금 보이고 소중한 것이 무엇인지 알게 됐다고. 삼십 대의 P는 일 년 중 반 이상을 지방 순회공연을 돌거나 해외에 나가기 일쑤였다. 역마살이 낀 게 아닐까 의심스러울 정도로 늘 어딘가 먼 곳을 헤매고 다녔다. 나는 P가 좀 더 안정적인 일을 찾길 바랐다. 하지만 타인에 대한 바람은 이루어지기 어려운 법이다. P도 내가 벌이는 이상한 일들(가령 시골에 집을 사거나 인도 여행을 가는 것 등)을 말리지 못하고 거들거나 뒷감당을 하느라 바빴다. 이제 P에게 꿈은 오래오래 나와 함께 늙어가는 것이라고 한다.

사십이 넘으며 매일 무언가 떠나보낸다. 기름기가 빠지는 얼굴, 줄어드는 통장 잔고, 탄탄한 허벅지…. 그 대신 다가오는 것들은 인간관계의 도리, 보살펴야 하는 부모, 불어나는 공과

금…. 무슨 즐거움이 남아 있을까 생각한다. 나잇살이 찌니 먹는 즐거움마저 줄여야 한다.

내 부덕함이라 자책해왔지만 나이 들며 꼬여가는 인간관계는 멀리하게 된다. 마음이 평안하고 건강한 게 우선이다. 체력도 잘 안배해야 해서 지나친 욕심이나 몸에 나쁜 것들은 줄이려 한다. 결국 젊음으로 인한 자기 파괴적인 성향을 버리고 조금은 유연하게 배를 노 저어가게 되었다는 얘기다.

앞으로 오십 대에 돌아보면 나는 사십 대를 인생의 황금기라고 고쳐 말할지도 모르겠다.

P는 또 오십 대인 지금이 가장 좋다고 말할 것 같다. 나는 모험을 할 수 있는 젊음을 선호하는 사람이라면, P는 현재의 평화로운 삶을 즐기는 사람인 듯하다.

무언가 가고 나면 또 다른 것들이 생을 채워가리라. 그것들이 모두 지나가고 인생이 얼마나 짧은 여정이었나를 회고하는 나이가 되면 아지랑이처럼 모든 것들이 피었다 사라지는 허무한 꿈이려나.

지역 탐방

약수터

도시에서 살 때는 운전을 하지 않았다. 대중교통이 편리하거니와 되도록이면 기계를 조작하는 일을 멀리하고 싶었기 때문이다. 그러나 시골에서 살려면 아무래도 운전이 필수다. 다행스럽게도 시골길 운전은 피곤하지 않을 뿐더러 오히려 매번 드라이브하는 기분이다.

면 도서관에 가는 짧은 5분 동안에도 산벚나무 꽃 터널 길을 기분 좋게 달린다. 산그늘 드리운 거울 같은 수면의 저수지도 휘돌아간다. 계절에 따라 변해가는 산과 호수의 빛깔들과 물 위에 떠 있는 새들까지도, 어느 하나 지루하지 않다.

시골로 이사 온 초기에는 산골 구석구석으로 난 도로들을 개미처럼 부지런히 찾아다녔다. 그건 새로 생긴 또 하나의 취미이자 즐거움이었다. 부동산을 통해 집을 보러 다닐 때만 해도 방향감각을 잡지 못했던 미지의 땅을 머릿속에 훤히 그려지도록 마스터해가는 기쁨이랄까. 장을 봐서 돌아오거나 운동을 가려다가 맘이 바뀌면, 처음 보는 도로를 향해 운전대를 돌린다.

'이 길의 끝에는 무엇이 있을까?'

비좁은 포장도로를 올라가다 보니 전원주택지로 개발된 동네가 나온다. 낯선 차량이 나타나자, 정원에서 일을 하던 아저씨가 다가와 대뜸 어떻게 왔냐고 물어온다. 대략 내 소개를 한다. 어느 동네 사람이며… 등등. 상대방의 경계심도 빗장이 풀린다. 전원주택지로 개발된 마을에는 대부분 퇴직 후 부부가 고즈넉하게 살아가는 집들이 많다.

처음 본 사이지만 날씨와 정원 일들, 동네 사정이나 이웃에 관한 얘기며 갓 이사 와서 겪은 무용담들까지. 두서없이 잘도 이런저런 얘기를 한참 동안 나누게 된다.

나이 들면 이런 점이 좋다. 누구와도 스스럼없이, 밑도 끝도 없이 얘기할 수 있는 것.

가마솥에 들어가 앉아 있는 것만 같은 푹푹 찌는 한여름 더위가 찾아왔다. 시골집도 덥기는 마찬가지다. 양평 지도를 보고 있자니, 집에서 멀지 않은 곳에 '고송리 약수터'라는 곳이 있다. 전부터 가보려고 벼르던 곳이다.

일단 내비게이션을 찍고 출발한다. 축사가 있는 작은 마을을 지나자 산길 위로 비포장도로가 이어진다. 오프로드 전용의 지

프차도 아니니 고장이라도 나면 큰일이겠다 싶어 우선 차에서 내렸다. 물통을 손에 들고 친구와 숲길 언덕을 걷기 시작한다. 큰비에 여기저기 깊은 물길이 파여 있었다. 높은 나무들이 해를 가려 어둑한 산길, 사람은 흔적도 보이지 않는다. 어느새 윗도리가 땀으로 젖어든다. 길 옆 계곡물에 텀벙하고 내려가 발을 담근다. 정강이가 시리게 차가운 물에 얼굴을 씻는다.

산길을 한 시간가량 올라가니 환하게 뚫린 작은 공터가 나온다. 나무들이 빼곡히 둘러싼 숲속 양지바른 터에는 아무도 없다. 검정 고무호스에서 연신 청량한 물줄기가 쏟아지고 있다.

'이것이 바로 고송리 약수인가.'

땀에 젖은 티셔츠를 냅다 벗어버린 친구가 먼저 등목을 한다. '설마 이런 산골에 CCTV 같은 건 없겠지?' 주변을 둘러본다. 나도 티셔츠를 훌러덩 벗어버리고 호스 앞에 엎드린다. 등목이 남자들만의 특권은 아니지 않은가!

등줄기로 얼음 같은 물줄기가 쏟아진다. 이까지 부딪칠 정도로 차갑다 못해 머리통까지 시리다. 친구와 반바지만 입고 기념으로 만세 사진을 찍는다. 난 어쩌다 이 낙원에 들어온 것일까!

몇 년 뒤, 약수터 자리는 골프장이 밀고 들어왔다.

그렇게 낙원은 사라졌다.

미륵 사원

외진 국도 길을 차로 달리다 보면 사원, 수련원, 연수원, 기도원 등의 이정표들을 쉽사리 볼 수 있다. 이정표를 따라가다 보면 오묘한 건물들이 나타나기도 한다. 산속에 고립되어 있는 건물들은 특유의 을씨년스러운 분위기를 내뿜는다.

지루한 장맛비가 부슬거리며 내리던 어느 평일 여름날, 국도 길을 달리다가 정체 모를 길을 따라서 무작정 들어가본다. 정문 입구에는 특별한 상징이나 간판이 없다. 정문을 지나치자 예상 외로 넓은 주차장과 산비탈을 깎아 만든 큰 정원이 나온다. 계단식의 커다란 연못에는 비단잉어들이 유유히 헤엄을 치고 있다. 모든 것들이 이상하리만큼 고요하고 잘 관리되어 있다.

부지는 작은 산의 한쪽 면을 다 차지하고 있다. 언덕 중앙에는 커다란 기와 건물이 우뚝 서 있다. 사찰치고 이렇게 큰 기와 건물은 국내에서 본 적이 없다. ㅁ자 형태의 이국적인 대형 도량으로 보이는데, 중국에 와 있는 착각이 들 정도였다. 정원이며 건물 주위에는 사람 그림자도 보이질 않는다. 커다란 전통 문양 창살문이 벽체를 빙 두르고 있고 문마다 꼭꼭 걸어 잠겨 있다. 어째 좀 으스스한 기분이 들어 돌아갈까 하다가 호기심이 발동한다.

사방을 한참 빙 돌아서야 겨우 출입문을 찾아냈다. 조심스레 문을 열었다. 실내는 더 장관이다. 모스크처럼 수백 명이 앉아서 기도를 해도 될 만큼 광활한 공간이 텅 비어 있는 게 아닌가.

천장은 붉은 등으로 가득 차 있고, 나무 바닥은 미끄러질 듯 반들반들하다. 중앙 제단에 부처상이 있는 걸 보니 불교 도량인 듯하다.

이 희한한 광경에 넋을 놓고 있는데, 구석진 책상에 앉아 있던 보살님이 조용조용한 말투로 무슨 일로 오셨냐고 묻는다. 우연히 지나는 길에 궁금해서 들어오게 됐다고 하자, '이곳은 전생에 미륵과 인연이 있는 사람들만 오는 곳'이라고 한다.

'전생?'

오십 대로 보이는 보살의 묘한 눈빛과 부슬거리는 빗소리가 더해져서 현실감이 멀어진다. 혹시 나는 차를 타고 달리다가 이미 사고로 죽은 게 아닐까? 그래서 이 기묘한 곳에 오게 된 건가?

이런 외딴 숲속에, 지도에도 없는, 으리으리한 도량이 있는 줄 누가 알 수 있을까. 그러고 보니 7, 80년대만 해도 산속에 정재계 인사들의 비밀 회합이 이뤄지던 모처가 있다고 읽은 것 같기도 하다. 영화 같은 상상력이 마구마구 용솟음친다.

도량을 기웃거리고 있는 모습이 CCTV에 녹화되었을지도 모른다고 생각하니 머리칼이 쭈뼛 선다. 도량 밖은 비가 그쳐가고 주위는 새소리조차 들리지 않는다. 다행히 아무 일 없이 무사히 집으로 돌아왔다.

여전히 무료하다 싶을 땐 지역 탐방을 나선다. 도시락을 싸서 보리와 함께 사람들에게 알려지지 않은 계곡에서 책을 읽다 오기도 한다. 세상 구석구석에는 재미난 것들이 숨어 있다. 그저 개울가에서 예쁜 돌을 줍듯이 그 재미들을 주워 올리면 된다. 도시에서 낯선 동네를 걷다가 우연히 마주치는 오래된 가게나 예쁜 카페를 만나는 즐거움처럼.

다만 이 컨트리 라이프가 더 흥분되는 것은, 상상치도 못했던 와일드하고 스펙터클한 모험이 언제나 기다리고 있어서이다.

나와 당신들의 로망

무료한 겨울의 끝자락, T방송국 PD라는 분한테서 전화가 왔다. 여행 프로그램에 출연할 화가를 섭외 중이라고 했다. 마침 일정이 가능한 날짜여서 흔쾌히 승낙을 했다. 겨우내 여행도 못 갔을 뿐더러 봄날에 광주 여행이라니! 남도의 맛난 음식들도 먹고, 무등산에도 오르고, 유서 깊은 양림동 거리를 누빌 생각을 하니 기분이 들떴다. 평소에도 텔레비전 여행 프로그램에 출연하는 이들을 그토록 부러워하지 않았던가! 준비된 스케줄에 맞춰서 경비도 들이지 않고, 색다른 경험을 할 수 있다니 굳이 마다할 이유가 없었다.

막상 일정이 다가올수록 마음은 봄날씨처럼 변덕스럽게 바뀌었다. 거울 앞에 앉아보니 울적해졌다. 올겨울, 나는 노화의 급물살을 타고 떠내려왔다. 노화는 서서히 순차적으로 오는 것이 아니다. 어느 한 시기, 갑자기 절벽에서 떠밀리듯 갑작스럽게 곤두박질한다. 불과 지난가을의 얼굴과 비교해봐도 다섯 살은 족히 더 들어 보였다. '2월은 사람이 늙는 달'이라는 어느 시詩가 생각난다. 그렇다면 3월은 늙은 모습에 겨우 적응해가는 한 달이 될 터이다. 아직 새롭게 노화된 얼굴을 낯설어하고 있는 참이었다.

일년 만에 미용실을 예약하고 펌을 했다. 미용실 원장에게 머리 기장을 더 자르지 말아달라고 신신당부했건만, 원장과 수다를 떠는 사이 머리는 여지없이 껑충 올라가고 말았다. 도대체 왜 원장들은 손님의 요구를 듣지 않는 것일까! 거울 속 나에게 또다시 나이를 추가해야 할 판이었다. "펌은 잘 나왔어요."라는 말은 '문제는 니 얼굴이야.'라는 말로 들렸다. 영락없이 땅딸한 중년 아줌마가 되어버렸다. 미용실을 나오니 나도 모르게 길거리의 긴 머리 아가씨들을 부러운 눈으로 흘깃거리게 된다.

저녁나절이 되자 언제 봄이 오냐 싶게 찬바람이 몰려온다. 김밥을 사 들고 버스 정류장에 서 있었다. 한참이나 오지 않는 버스를 기다리는데 펌이 바람에 뒤집힌다. 집으로 돌아와 '며칠후면 머리 스타일이 자리를 잡겠지.' 하고 마음을 다독이며 식은 김밥을 씹었다.

어떤 프로그램인지 싶어서 인터넷으로 다시보기를 봤다. 차분한 내레이션으로 향토문화와 역사, 풍물들을 소개하는 구성이다. 주말 아침 밥상에 모여 앉은 가족들이 시청하기에 좋은 프로그램인 듯하다. 화가와 문인, 음악인 등으로 구성된 출연자

둘이서 여행지를 돌면서 지역 예술가들을 방문하기도 하고, 전통 음식을 맛보기도 한다.

화가는 마음에 드는 장소에서 화구를 펼치고 그림을 그린다. 그림이 그려지는 과정과 화가의 진지한 표정과 눈빛이 화면 가득 클로즈업된다. 완성된 그림을 가지고 동반 출연자와 함께 얘기를 나누기도 한다. 그런데 전 출연자 대부분이 야외용 이젤에 캔버스나 판넬을 올려놓고 그림을 그리는 게 아닌가! 어느 노화백은 아예 100호 사이즈의 화면을 바닥에 놓고 어른 키만 한 붓을 휘두르며 그림을 그리기도 했다. 출연하는 화가들은 이 프로그램을 통해 나름 자신의 이미지를 어필하는 모양이었다. 단순히 작은 스케치북에 휴대하기 편한 수채화 도구나 파스텔 등을 꾸려가려고 했는데 어쩜담.

아니나 다를까, 며칠 후 담당 PD가 일정과 준비할 것들을 세세히 알려주었다. 봄이니 캐주얼하고 밝은 의상을 두어 벌 이상 준비하고, 야외용 이젤을 세워두고 캔버스에 유화를 그려줬으면 한다고 했다. 이 프로그램은 여행지를 소개하는 것은 물론 화가가 그림을 그리는 장면도 중요한 요소라고 한다. 나는 요새 누가 인상파 화가도 아니고 무겁게 야외용 이젤을 들고 다니며 유화를 그리느냐며, 스케치북에 가벼운 드로잉을 하면 되지 않겠냐고 반문했다.

그 순간, 수화기 너머 담당 PD의 난감한 침묵이 이어졌다. 곧바로 다시 인내심을 갖고 부연 설명을 하는 PD의 말을 듣고 있자니, 이 프로그램은 시청자들에게 화가들에 대한 로망도 충족시켜줘야 하는 모양이다. 모름지기 '화가의 여행'이란 멋진 풍광이 있는 곳에서 야외용 이젤을 세우고 손에 팔레트를 들고 붓으로 그림을 그리는 모습인 것이다.

통화 후에, 점점 더 심란해지기 시작했다. 간절기 봄에 어울리는 밝은색 옷이 있는지 뒤져보았다. 후줄근한 빈티지 원피스나 검정 코트뿐이다. 홍대 앞으로 나가 옷가게들을 기웃거려봐도 유행하는 비슷한 옷들뿐 마땅치가 않다. 그렇다고 백화점에 가서 입지도 않을 옷을 사대는 건 낭비다. 게다가 요즘 텔레비전 화질로는 땀구멍까지 다 보여서 연예인들조차 피부가 험하게 나오는데 내 피부 상태는 가히 테러 수준이다. 이런 상태로 출연했다간 비디오로 영원히 남겨질 나의 역사에 지울 수도 없는 오점이 될 것이 분명하다.

방송국에서 스케줄이 적힌 이메일이 왔다. 회당 50분 분량이어서 촬영 기간이 4박 5일이나 된다. 촬영 일정을 보자, 부정적인 상상력들이 총 가동된다. 혼자서 시뮬레이션을 해본다.

새벽같이 일어나서, 옷 가방과 화구들을 이고 지고 기차를 탄다. 역에 내리자, 촬영 팀이 기다리고 있다. 곧바로 SUV 차량에 온갖 장비와 짐들과 함께 실려 촬영 장소로 이동한다. 광주에 도착하자마자 촬영이 시작된다. 일반인인 나는 카메라 앞에서 로봇처럼 뻣뻣하게 걷거나 말더듬이가 된다. 먹방 촬영에서는 음식을 맛깔스럽게 먹으며 호들갑을 떨기는커녕, 턱에 구멍이라도 난 듯 음식을 흘려대기 바쁘다. 옆에서 혼자 신나게 떠드는 오십 대 시인의 말에 대꾸도 못하고 어중간한 감탄사만 내뱉는 무식한 모습이다. 도심의 한 모텔, 코골이와 한방을 쓰며 밤잠을 설친다. 왜 이런 일을 하고 있을까 자신을 책망한다. 불면의 밤이 이어진다. 벌판에서 그림을 그리는 신에서는 카메라가 내 손동작을 포커싱한다. 긴장한 탓에 평소보다 그림이 잘 그려지지 않는다. 엉망진창이 된 그림을 펼쳐놓고 시인과 억지스럽게 얘기를 나눈다. 그림을 알 만한 이들은 나를 가짜 화가라고 생각할 것이다. 비굴한 내 얼굴이 화면 가득 클로즈업된다. PD의 한숨 소리가 비수처럼 가슴에 날아와 박힌다.

깊은 밤, 자다가 식은땀을 흘리며 벌떡 일어났다. 도저히 못할 것 같은 생각이 들어 날이 밝으면 PD에게 못하겠노라 연락해야지 하고 겨우 다시 잠을 청한다.

새로운 기운이 솟아나는 아침이 되자 남들 다 하는 일이고 언제 이런 낯선 경험을 하겠냐며 호기로운 마음으로 바뀐다. 어차피 오늘이 인생에서 가장 젊은 날이지 않은가! 새로운 일들을 마다하는 것이야말로 진정한 노화로다. 이제는 세상이 불러줄 때 달려가야 한다!

달리 생각해보면 대단치도 않은 나를, 단지 화가란 이유로 주인공으로 모셔주며, 전문가들이 붙어 촬영을 하고, 추억이 될 만한 영상을 만들어주는 셈이다. 그 지역에 사는 사람들 말고 내 주변 사람들이 볼 일도 거의 없으니 창피할 일도 아니지 않은가! 생각은 계속 손바닥처럼 뒤집힌다.

이런저런 고민을 하다 보니 일정은 코앞으로 다가왔다. 이제 와서 안 하겠다고 하면 PD 입장에서는 환장할 노릇일 텐데…. 겨우겨우 용기를 내어 전화를 했다. 염치를 무릅쓰고 건강상의 이유로 불참 의사를 밝혔다. 다행히 PD님이 점잖은 성품이신지 화를 내진 않았다. 오히려 며칠 후에, 다른 작가를 섭외했으니 마음 쓰지 말라는 답신까지 전해왔다. 10년 묵은 체증이 내려갔다. '휴우~' 왜 맘고생을 사서 하고 이 난리를 피웠을까 싶다. 도대체 이 휘몰아치던 고민 끝에 남은 건 뭐란 말인가!

마음을 진정하고 책상 앞에 앉는다. 밀린 작업들을 생각하니 슬프게도 편안하다.

훗날, 그 프로그램을 다시보기하게 될까. 갈 수 있었던 곳과 만날 수 있었던 사람들을 생각하며 조금 아쉬워할지도 모르겠다. 새털같이 많은 날들 속에서, 먼지 같은 며칠뿐일 테니까.

어려운 것, 낯선 경험들을 겪고 나면 좋은 일이든 나쁜 일이든 삶의 자신감을 얻게 된다는 걸 모르지 않는다. 하지만 이젠 억지스러운 용기보다는 익숙한 일상들이 더 중요해지는가 보다. 남 보기에 예쁜 옷보다 내 몸에 익숙하고 편안한 옷이 좋은 것처럼. 해낸 일은 잘한 것이 되고, 하지 않은 일도 크게 후회로 남지 않는다.

희미한 얼굴

부모님 댁에서 추석을 쇠고 양평의 집으로 돌아가는 기차에 올랐다. 특실을 미리 예매해두어서 모처럼 느긋하게 책을 꺼내 읽었다. 돋보기안경을 써야 할 만큼 시력이 나빠진 것 말고는 지난해에 비해 변한 게 없는 귀경길이다.

청량리역에서 고작 40분이면 도착하지만 잠시나마 기차 여행을 즐겨본다. 기차 바퀴가 구르기 시작하면 전을 부칠 때 몸에 밴 기름 냄새와 음식 냄새들도 점차 씻겨나갈 것이다. 비로소 다시 나의 세계로 돌아가는 중이다.

가방에서 꺼내 든 책은 윤대녕의 에세이다. 여행길에서 작가를 알아보는 사람들과의 에피소드 부분이다. 노래방 옆방에서, 지방 은행에서 등등. 예기치 않은 곳에서 작가는 자신을 알아보는 독자들과 마주친다. 반갑고 고마운 마음과 동시에 미리 챙기지 못한 자신의 초라한 행색이 민망했다고 썼다.

나는 유명 인사나 연예인들을 카페나 술집에서 만나더라도 되도록이면 아는 체하지 않는다. 일종의 배려인 셈이다. 개인적인 시간을 보내고 있는데, 불쑥 다가가서 '당신은 ㅇㅇㅇ이시죠?'라고 말을 걸면 예의가 아니지 싶다.

언젠가 연남동 술집으로 친구들과 맥주를 마시러 갔다. 옆 테이블에 배우 차인표 씨가 앉아 있었다. 그쪽으로 얼굴을 돌리면 망부석이라도 되어버리는 양 마주 앉은 친구의 얼굴에만 시선을 고정했었다. 배려심이라고 해도 이쯤 되면 지나친 강박이다.

때론 길거리에서 만난 유명 인사를 지인으로 착각하고 인사말을 나눈 적도 있었다. 〈밀양〉의 이창동 감독님을 출판사 사장님인 줄 알고 인사를 나눴다. 당시 그분이 재직 중이던 대학에 강의를 나가던 때여서 복도에서 마주치면 인사를 나눈 기억이 묘하게 겹쳐진 것이다.

우연히 택시 합승을 해서 만난 홍신자 선생님과는 팬클럽에 가입하겠노라고 너스레를 떨며 오랜 인연인 양 서로 얼싸안아주며 헤어졌던 기억도 있다. 고교 시절, 황병기 선생님의 가야금 연주와 홍신자 선생님의 목소리가 만들어내는 '미궁' 공연 앨범을 듣고 또 들었다. 두 분의 절묘한 예술적 조화를 얼마나 찬미했었던가!

기차는 어느새 목적지 역에 미끄러져 들어가고 있었다. 읽던 책을 덮었다. 묵직한 음식 가방들을 들고 통로로 나왔다. 기차 칸 사이에 있는 출입구 앞에 섰다.

문득 한 여성분이 다가와서 "혹시 소윤경 작가님 아니세요?" 하고 물었다. 순간, 그분의 동공 속에 반사된 내 몰골을 상상하고 말았다. 안경에 눌린 콧잔등, 기름 낀 산발한 머리, 운동화에 어벙해 보이는 유행이 지난 곤색 재킷. 얼핏 봐도 패션 테러리스트다.

어렸을 적부터 별다른 특징 없이 희미한(?) 얼굴이어서 부모 형제들조차 길거리에서 마주쳐도 날 알아보지 못하고 지나칠 정도였다. 그래서 페이스북에 얼굴 사진을 올려도 그다지 걱정을 하지 않았다. 어차피 현실 속에서 알아보기는 웬만해선 힘들 테니까. 그런데 도대체 이 여성분은 어떻게 만원 기차 안에서 나를 알아보셨단 말인가! 기차 칸 맨 구석 자리에서 얼굴도 들지 않고 책만 뚫어져라 읽고 있었는데.

얼떨결에 동그랗게 눈을 치켜뜨고서 취조라도 하듯이 어떻게 나를 아느냐고 반문했다. 그러자 그분은 내 그림책을 좋아하는 팬이라고 하셨다. 당황스러우면서도 한편으로는 너무나 고맙기 그지없었다. 윤대녕 작가에게나 일어날 법한 일이 감히 내게도 생긴 게 아닌가. 단지 이런 초라한 몰골만 아니었다면 정말 좋았을 텐데.

기차가 플랫폼에 멈춰 섰다. 도착을 알리는 안내 방송이 들려온다. 내려야 한다. 문득, 그분 손에 든 커피 음료가 눈에 들어왔다. 날 위해 커피까지 선물해주시다니!

"그럼, 다음에 또 봬요!"

감사의 마음을 담아 꾸벅 작별 인사를 했다. 그리고 그분 손에 든 커피 음료를 덥석 낚아채서 뛰어내렸다. 바리바리 싸 온 부침개와 떡이 든 가방에 커피 음료까지 들고 집으로 돌아올 때까지만 해도 뭐가 잘못된 것인지 알아채지 못했다. 집에 도착해서 짐을 풀고서 마당 벤치에 앉아 느긋하게 커피를 빨대로 마시다 문득 난감한 기분에 휩싸이기 시작했다.

'정말 이 커피는 나를 주려고 사 온 것이 맞을까?'

모골이 송연해졌다. 어쩌면 그분은 식당 칸에서 자신이 마실 커피 음료를 사서, 자리로 돌아오다 우연히 나와 마주친 것일지도 모른다. 반가운 마음에 다가와 말을 붙인 것뿐인데 내가, 커피를 낚아채서 기차에서 내려버린 게 아닐까? 그렇다면 이게 웬 결례란 말인가! 달달한 커피를 시원하게 마시고 나니 정신이 확 돌아왔다.

서둘러 핸드폰을 꺼내 페이스북에 적었다.

"혹여 그날, 그분께서 이 글을 읽으시면 다음번엔 제가 꼭 커피를 사겠습니다!"

(얼마 후 한 강연장에서 위의 여성분을 다시 만났다. 이번에도 먼저 알아봐주시고 페이스북에 올린 커피 음료 주인을 찾는다는 글도 보았다고 한다. 그 커피 음료는 내게 주려고 일부러 식당 칸에 들러 사 온 것이 맞다고 하셨다.)

오늘 그린 그림

달달하지도 않으면서

한 시나리오 작가로부터 인터뷰를 하고 싶다는 연락을 받았다. 일러스트레이터가 주인공인 드라마를 쓸 예정이라고 했다. 사정을 둘러대고 바로 거절했다. 나는 흔히 일러스트레이터라고 하면 떠올릴 수 있는 이미지와 거리가 멀다. 공포나 추리, 판타지를 위한 시나리오였다면 응했을 수도 있다. 호러 영화에 들어가는 기괴한 그림을 그려달라고 하면 분명 신이 나서 약속을 잡았을 것이다.

극 중 일러스트레이터인 평범한 여주인공이 출판 재벌가 3세와 훈남 편집자 사이에서 옥신각신하는 스토리가 떠올랐다. 여주인공 작업실 벽면엔 아기자기한 스케치들이 가득 붙어 있고 책상 위엔 그림 도구들이 어지러이 널려 있겠지. 엉뚱 발랄한 성격을 가진 여주인공은 안경을 쓰고 머리를 질끈 동여 묶고 밤새워 작업하는 타입이다. 늦은 오후, 추리닝 차림으로 동네를 어슬렁거리다 마감 독촉하러 찾아온 훈남 편집자와 딱 맞닥뜨리겠지. 후후… 달달하다. 나 역시 드라마를 좋아하는지라 주인공이 같은 직업이라면 더 몰입하게 될 듯하다.

현실은 드라마처럼 로맨틱하지 않다. 출판 동네엔 여초지대가 하염없이 펼쳐져 있다. 일러스트레이터와 출판사 관계자들은 대부분 여성들이다. '훈훈한 남자라고는 눈 씻고 찾아봐도 보이질 않는다.'라고 하면 이 업계 남성들에 대한 예의가 아닐 수 있다. 출판 동네엔 왜 괜찮은 남자가 없냐고 여자들이 모여 불평을 한다. 능력 있고 멋진 여자들은 이리도 많은데. 듣기도 지겨운 얘기다. 미대나 문과대에 남학생 비율을 보면 답이 나오지 않나. 출판계에 종사하는 사람들은 이 두 대학 출신들이 대다수다.

그리하여 너그러운 출판 동네 언니들(처음부터 너그럽진 않았다.)은 유부남이라도, 좀 지질하게 궁상을 떨어도 소수인 남성 작가들을 아껴주려 한다. 그들이 동의하진 않겠지만.

사석에서 만난 사람들은 "제가 생각했던 이미지와 많이 달라 놀랐어요."라고 말하곤 한다. 그들은 내 그림을 보고 어둡고 까칠한 포스를 떠올렸을까. 아니면 소셜 미디어 사진 속, 개와 정원에서 웃고 있는 여성스러운 모습을 기대했을까.

나 또한 데뷔 초기엔 출판사에서 원하는 전형적인 동화나 그림책을 위한 일러스트레이션으로 시작할 수밖에 없었다. 대체로 밝고 귀여운 캐릭터가 나오는 그림을 그려야 했다. 작업을 마치고 나면 편집자에게 앞으로 그리고 싶은 그림에 대해 말해두었다. 판타지나 심리, 추리, 호러 등 독특한 작업을 하고 싶다고. 덕분에 점차 내 성향에 맞는 쪽으로 방향을 틀 수 있었다. 설령 생활동화라 해도 단순히 상황을 묘사하기보다는 등장인물의 심리를 판타지로 풀어 그렸다. 우려와 달리 내가 그린 동화책들이나 그림책들은 반응이 나쁘지 않았다. 이는 다음 행보를 위한 징검다리가 되어주었다.

삶이 힘겨워질수록 사람들은 익숙하고 달달한 콘텐츠를 찾는다. 마치 고된 일을 마치고 난 후엔 당이 필요한 것처럼. 그러나 세상은 다양성을 가지고 있고 체질에 맞는 작업을 하다 보면 자신의 자리가 생기기 마련이다.

상상력은 두려움과 용기가 부딪히며 소용돌이치는 계곡에서 피어오른다. 두근대는 모험이 없어지는 것처럼 재미없고 시시한 게 있을까. 지금도 누군가 인간과 세계의 깊이를 표현하는 놀라운 작품을 만들고 있을 것이다. 악마적이고 때론 잔혹한, 기상천외한 작품들이 새롭게 탄생하기를 고대한다. 비록 사람들이 당장 호응하지 않더라도 좌절하지 말고 버텨보시라. 지레짐작으로 세상 눈치를 보면서 자신만의 언어와 색채를 잃어버리지 않았으면 한다. 나 스스로에게 하는 말이기도 하다.

일중독

"전 7년 동안 하루도 빠지지 않고 책상에 앉아서 글을 썼어요. 새해에는 안식년을 가지려고 해요."

한 출판사 송년회에서 합석한 유명 작가가 한 말이다. 그녀는 굵직한 문학상들을 차례로 휩쓸었고 출간된 소설들이 연달아 영화화되면서 한창 주목받고 있었다. 나도 팬으로서 작가의 평상시 생활이 궁금했었다. 그럼 오직 글을 쓰기 위해 7년 동안 여행도 안 가고 연애도 하지 않고 매일 책상을 지켰다는 말인가? 그런 생활이 가능할까? 무엇보다도 7년간 집필에 집중할 수 있었던 무탈한 일상이 부럽다가도 작가로서 일념과 노고에 숙연해지기도 했다.

작가들은 일중독에 빠지기 쉬운 구조에 놓여 있다. 원래부터 일을 좋아하고 성실해서라기보다 시장 구조로 인해 일중독자로 살아갈 수밖에 없는 상황이 된다. 작업량에 비해 낮은 보수에도 불구하고 높은 예술적 성취도, 자긍심, 작가들끼리의 경쟁

심 등은 끝없이 강도 높은 일중독 속으로 내몬다.

작가뿐 아니라 디자이너나 편집자도 책 한 권을 만들기 위해 서로를 쥐어뜯어가며 고군분투하는 모습을 보아왔다. 다시는 같이 일을 안 할 사람처럼 애증으로 만신창이가 될 때도 있다. 지독한 연애를 하고 난 느낌말이다. 그토록 일에 집중하는 것은 직업적 사명감이나 책임감 이상의 무언가 더 높은 고지에 오르려는 의지일지도 모르겠다. 이를테면 자신이 만족할 만한 좋은 책을 만들겠다는 신념 같은 것. 작가의 이름은 표지 앞장에 '턱' 하니 박힌다. 대문 앞에 집주인 명패를 걸어놓는 것처럼. 디자이너나 편집자들의 이름은 책 뒷장 간행물 정보 밑에 작게 새겨진다. 책이라는 한집에 살고 있는 식구들이다. 같은 업계 사람들끼리는 누가 디자인을 했고 편집자는 누구였는지 알아본다. "아! 이 책은 아무개가 디자인했군. 내 그럴 줄 알았지. 딱 아무개 스타일이네."라든가 누가 책임편집자로서 안목이 있고 유능한지 알 수 있는 그들만의 세계가 있다.

심각한 수준의 일중독에 빠져본 적은 없지만, 그 근처에 도달하게 되면 무엇을 느끼게 되는지 어렴풋이 알고 있다. 그것은 고독한 평화다. 마치 태풍의 눈 속, 책상에 홀로 앉아 있는 것 같은 고요함이다.

주위의 누구도 이 평온을 깨뜨려선 안 된다. 쓸데없는 전화나 의미 없는 만남 따위로 작업할 시간을 낭비하고 싶지 않다. 타인의 고민 따위가 잔잔한 마음을 어지럽혀서도 안 된다. 눈앞에는 오로지 '지금 그리고 있는 그림'이 있다. 선 하나 붓질 한 번으로 이 세계는 완성을 향해간다. 그 누구도 대신할 수 없는 일이다. 정말 하고 싶은 일인지 아닌지는 중요하지 않다. 투명한 호수를 노 저어가는 것처럼 작업은 매일 조금씩 전진해나갈 뿐이다.

달력에 빽빽이 적어둔 작업 일정들은 숨 막히기보다 세상만사 불안을 잠재우고 안도감을 준다.

사회 어디에도 속할 수 없는 작가라는 직업. 스스로를 단단히 작업대에 묶어두어야 비로소 편안해진다.

생명의 최소 단위에 대해

부모님이 아침 일찍 집에 오셨다. 전날 밤, 외가에서 외할아버지 제사를 지내고 주무신 후 들르신 거다. 외가는 집에서 한 시간 거리다. 엄마는 외갓집 강가에서 잡은 다슬기를 한 바가지 나눠주셨다. 날이 가물어서 강가에 다슬기를 잡으러 온 사람들이 많아졌다고 했다. 씨알이 굵은 것들은 벌써 죄다 주워 간 모양이란다. 요샌 다슬기가 돈이 되니 귀해졌다. 굵은 다슬기들은 하룻밤 해감을 하고 된장을 푼 물에 와르르 집어넣고 삶았다. 나머지 자잘한 것들은 당분간 정원 수조에서 기르기로 한다.

어린 시절 남한강변은 나의 즐거운 놀이터였다. 너른 자갈밭이 펼쳐져 있고 저녁이면 강물 속에 다슬기들이 검게 올라왔다. 외할아버지는 여름방학에 외갓집에 놀러온 손자들을 위해 다슬기를 잡아 오시곤 했다. 나와 외사촌들은 툇마루에 옹기종기 모여 앉아 된장국에서 건져낸 다슬기를 바늘로 빼 먹었다.

외할머니는 가을날이면 벼를 베기 전에 메뚜기를 잡으셨다. 햇볕에 말려서 도시에 있는 우리 집에 보내시곤 했다. 식구들이 메뚜기볶음을 좋아해서였다. 달군 프라이팬에 노릇하게 볶은 메뚜기는 아버지의 술안주로 제격이었다.

초등학교 점심시간, 도시락 반찬 뚜껑을 열어보니 메뚜기볶음이 들어 있었다. 옆에서 보던 짝꿍이 기절초풍을 하면서 비명을 질렀다. 순식간에 반 아이들 전체가 발칵 뒤집혔다. 도시에 사는 아이들은 메뚜기를 먹어본 적이 없었다. 짓궂은 남자애들은 내 반찬통에서 메뚜기를 한 마리씩 집어 들고 다른 반으로 달려갔다. 옆 반에서도 여자애들의 비명 소리가 들렸다. 나는 매일 아침 양 갈래로 머리를 곱게 땋고서 등교하던 새침데기 여자아이였다. 창피해서 점심도 먹지 않고 책상에 엎드려 있었다. 그 뒤로 다시는 메뚜기를 반찬으로 싸 가지 않았다.

유학 시절, 파리 13구에 있는 중국 마트에서 털게 두 마리를 사 온 적이 있다. 집에 와보니 녀석들이 아직 살아 있는 것이 아닌가! 이틀 동안 좁은 방에서 녀석들과 함께 살았다. 털게들은 방 안을 조금 돌아다니다 거품을 물고 나를 쳐다보았다.

추운 저녁, 큰맘을 먹고 냄비에 물을 끓였다. 녀석들이 죽고 싶지 않다고 울며 애원하는 것처럼 느껴졌다. 스케치북에 마지막 모습을 그렸다. 그리고 수건으로 두 녀석들을 싸서 냄비에 집어넣고 뚜껑을 내리눌렀다. 눈을 질끈 감았다. "달그락달그락" 냄비 뚜껑을 통해 고통에 찬 몸부림이 전해져왔다. 제발 빨리 끝나기를 간절히 바랐다.

냉동실에서 잔멸치를 꺼내 프라이팬에 볶는다. 멸치들이 눈을 동그랗게 뜨고 노려본다. 한때는 신나게 바다를 누볐을 생명들, 운 나쁘게 어부의 그물에 걸려 이 산언덕까지 오게 됐구나. 밥을 먹으며 젓가락으로 몇 마리씩 집어 입에 넣는다. 머리와 몸통과 꼬리, 뼈와 내장이 으스러지며 목구멍으로 넘어간다.

늘 생명의 최소 단위에 대해 생각한다. 어디까지 생명으로 간주해야 하는가에 대해서. 바다 속 플랑크톤이나 해파리도, 아메바와 모기도 한 생명으로 죽음의 고통을 느끼는가? 텃밭 토마토 농사를 망치는 28점 무당벌레를 잎사귀로 싸서 으깨면서도 작은 생명을 앗아가야 하는 상황이 괴롭기만 하다. 잡초를 뽑을 때도 미안한 마음이 무뎌지지 않는다. 세상에 잡초가 어디 있겠는가. 인간이 선택한 것들만 취하려니 잡초이고, 잡종이지. 그렇다고 정원을 밀림으로 방치할 수도 없는 노릇이다.

이 최소 단위의 생명에 대한 고민은 『콤비 Combi』 그림책을 만든 실마리가 되기도 했다.

인간의 죽음에 비교할 때, 작은 곤충들의 죽음이라고 해서 과연 그 무게감이 다른 것일까? 가을 아침이면 말라죽어 있는 벌레 사체들을 치우는 것이 일상이다. 여름내 분홍빛 자귀나무 꽃 사이를 누비던 검은 산제비나비의 날개 한쪽이 계단에 놓여 있다. 기세등등하던 말벌도, 힘이 장사였던 사슴벌레도, 죽어라 일만 하던 개미들도 하늘을 향해 벌렁 누워 있다. 마지막 숨이 채 끊어지지 않아 한동안 버둥거리는 녀석도 있다.

매일 아침 죽은 곤충 사체를 무심히 쓸어 낙엽과 함께 태운다. 모두 연기가 되어 날아간다. 작든 크든 힘이 세든 한번 태어난 생명은 그렇게 사라진다. 내 외할아버지, 외할머니가 한 줌의 흙과 한 자락 바람이 되신 것처럼.

오늘도 무언가를 먹는다. 식물이든, 동물이든, 생명이었던 누군가를, 무언가를 섭취한다. 살기 위해선 죽을 때까지 다른 생명들의 목숨을 앗아가야 하는 것이 자연의 섭리다. 하지만 인간은 자연의 먹이사슬의 범위를 벗어나 쾌락의 의미로 음식을 즐긴다. 살기 위해서가 아니라 즐기기 위해 동물들을 대량으로 사육하고 포식한다. 육신을 빌어 지구에 태어난 모든 생명들에게 생존은 가장 큰 목적이고 본능이다. 이기적일 수밖엔 없다.

그러나 인간에겐 상상하고 공감할 수 있는 능력이 있다. 공감을 한다는 것은 '역지사지易地思之'의 마음을 낸다는 뜻이다. 인간이기에 가질 수 있는 숭고한 이타심이다.

생명을 가진 것들과 서로 동등함을 견지하고 살아가야겠다. 먹이에 대한 소중함과 고마움을 잊지 말고 살아 있음에 대한 경탄이 멈추지 않는 생이기를.

쉬운 그림

오늘도 온종일 펜을 손에 쥐고 종이에 끝없이 가는 털을 새겨 넣고 있다. 펼침면 한 장 사이즈에 펜 선을 입히는 데 벌써 보름을 지나 한 달이 다 되도록 질질 끌고 있다. 이번 그림책은 내용상 필요한 자료가 많아서 더 그렇다. 이국의 호텔과 정원과 동물 조각상들을 그려 넣어야 했다. 인터넷으로 필요한 이미지 자료를 찾아내는 것도 시간이 많이 축난다. 내용상 꼭 들어가야 하는 것들 중에서는 그리고 싶지 않은 장면이 꼭 하나 둘쯤 있다. 카지노 풍경과 게임 장면이다. 잘 알지 못하는 곳을 그리다 보니 속도가 더 처진다. 작업실 벽에 와이어를 몇 줄 걸어서 그간의 그림들을 빨래 널듯 '쭈욱' 순서대로 늘어놓는다. 언제 시작했었는지도 기억이 가물가물하다.

그림을 쉽게 그리지 못한다. 욕심 없이 쉽게, 가볍게, 편하게…. 아니, 그릴 수는 있어도 진지한 작품에는 쉽고 빠른 기법을 사용하지 않는다. 쉽게 그린 그림은 보는 사람들도 편하게 감상할 수 있다. 젊었을 때 힘든 여행지를 가봐야 하듯이, 지금까지는 고된 방법으로 작업을 완성해가기로 한다. 어차피 나이가 들면, 하고 싶어도 할 수 없을 테니까.

내 그림이 매우 노동집약적이라고 할 수는 없다. 나보다 더 시간과 에너지를 쏟는 화가들도 많이 있다. 서점에서 그런 그림책들을 마주할 때면, 일단 책장을 확 덮어버리고 숨을 고른다. 작가가 겪었을 지독한 인고의 시간이 시뮬레이션되기 때문이다. 그림을 볼 때조차 오롯이 순수한 감상자가 되기 어렵다. 마음이 안정되고 나서야 다시 책을 펼친다. 경건한 마음으로.

그림책만이 아니다. 서양의 종교화나 동양의 탱화를 볼 땐 마치 전생의 업이 되살아오는 기분에 사로잡힌다.

사실적인 묘사를 하거나, 화면에 그려 넣어야 할 것들이 많다고 해서 중노동이라고 단정 지어선 안 된다. 오히려 쉽게 그린 드로잉이 더 오랜 시간 수없이 많은 스케치를 반복하는 경우도 있으니까. 한 번에 '스-윽?'의 대가는 없다. 그렇기에 가브리엘 뱅상Gabrielle Vincent의 그림책들은 언제 보아도 감탄스럽다. 간단한 연필 선으로, 빛과 공기의 흐름은 물론 깊은 원근감까지 잡아낸다. 쉽게 만들어진 내공이 아닐 터이다.

그림책을 대개 2~3년 만에 출간한다고 하지만 더러는 일주일 만에 그림을 완성하기도 하고, 수년간 진척이 없어서 슬럼프에서 헤어 나오지 못하는 경우도 있다.

그림책은 열심히 그림의 밀도를 높여 잘 그린다고 해서 인기를 얻는 것도 판매가 좋아지는 것도 아니다. 말하고 싶은 주제를 잘 잡아내고 감각적인 드로잉을 해서, 단순한 디지털 작업으로 컬러를 입혀 완성해도 된다. 물론 디지털 작업이 쉽다는 말이 아니다. 컴퓨터 작업도 노동의 강도는 수작업과 마찬가지다. 자신에게 맞는 작업 방식을 구축해가는 것 외에는 정답은 없다.

　미니멀리즘의 추상화가나 단색화가들의 작품을 볼 때 가끔 화가 치밀기도 한다. 현대미술이 개념에 치우친 형이상학이라는 것은 이미 잘 알고 있다.

　그러나 히에로니무스 보스Hieronymus Bosch, 일리야 레핀 Ilya Yefimovich Repin이나 벡신스키Zdzislaw Beksinski, 카라바조 Michelangelo da Caravaggio, 보티첼리Sandro Botticelli, 살바도르 달리Salvador Dali 등등, 이들의 작품을 보고 있노라면 반대로 날로 먹고사는 기분이 든다. 입 다물고 얌전히 책상으로 돌아가서 당장 펜을 집어 들어야 한다.

프리랜서의 순발력

수요일 오전, 간만에 늦잠을 달게 자고 있는데 전화벨이 울렸
다. 새벽에 문득 잠이 깨서 몇 시간 일을 하고 다시 잠들었던 차
였다. 오전에 걸려오는 전화는 드문 편이라 화들짝 놀라 핸드
폰을 보았다. 모 신문사 기자의 번호다. 한 달에 한 번씩 연재하
고 있는 그림책 칼럼을 담당하고 있는 기자였다. 담당 부서를
옮겨온 지 얼마 되지 않아서 문자만 오갔을 뿐, 통화는 처음이
었다.

기자는 다급한 목소리로 바로 오늘이 마감일임을 알려주었
다. 자신이 일주일 전에 알려줬어야 하는데 깜박했다고 한다.
아직 잠 속에서 나온 지 얼마 되지 않은 상태라 그저 멍했다.

자고로 신문이라 함은 칼 같은 마감이 있고 기사들이 모두 제
칸을 채워야 완성되는 매체가 아니던가! 이 스케줄이라면 당장
한두 시간 안에 원고를 메일로 보내야 하는 상황이었다. 다음
주쯤 보내면 되려니 예상하고 신간 그림책들을 주문해놓은 상

태웠다. 그마저도 출고가 늦어져 주말에나 받을 수 있었다.

이전 담당 기자에게는 일주일 전에는 내 순서를 알려달라고 당부해두었다. 책을 미리 구매하고 내용을 생각하고 글을 쓰려면 최소한 일주일이 필요하니까.

이 연재는 나를 포함한 네 명의 필진들이 돌아가며 한 주마다 글을 올리는 식이다. 그런데 문제는 순서가 돌아오는 날짜가 매달 며칠이라고 못 박혀 있는 게 아니라는 데 있다. 큰 행사가 있다든지, 필진의 개인 사정에 따라 순서가 바뀌기도 하고, 명절이 끼면 마감이 늦춰지기도 했다. 결국 정확한 순서는 오로지 담당 기자만이 알고 있다.

그림책 중에서 칼럼의 주제인 '사회를 그린 그림책'은 찾아내기도 쉽지 않다. 그림책은 대다수 유아와 어린이 정서에 맞춰져 있기 때문에, 성인 독자들이 감상하고 공감할 수 있는 책은 그리 많지 않다. 그러므로 쓰고 싶은 얘기에 맞는 그림책을 찾는 일은 품이 든다.

서점으로 달려가서 당장 책을 사 와야 하는 걸까 생각했다. 하지만 서점이라고 모든 책이 있는 건 아니다. 대형 서점의 좌판에는 인기 있는 그림책만 깔려 있다. 도서관에는 신간들이 좀체 나와 있지 않다. 되도록 작은 출판사가 낸, 국내 신인 작가의 신간 그림책을 소개하고 싶다. 유명 작가의 책들은 출판사에서 알아서 홍보를 해줄 것이기 때문이다.

칼럼의 원고 분량은 A4 용지로 한 장 미만이지만, 글쓰기가 내 직업이 아닌지라 2~3일씩 끙끙대며 겨우겨우 완성한다. 혹여 글이 형편없어 그림책 작가가 쓸 수 있는 귀한 지면을 잃게 되는 건 아닐까 수차례 소리 내서 읽어보며 마감일을 맞춘다. 프리랜서인 내 입장에서 보면 여러모로 비효율적인 일이다. 일종의 정신적 사치라는 생각이 들기도 한다. 이를테면 그려야 할 그림들을 제쳐두고 다른 그림책 작가들의 작업을 분석하는 데 이토록 공을 들이는 셈이다. 더욱이 이 일을 붙들고 3년이나 줄기차게 하고 있는 게 아닌가.

기자는 마감 시간을 최대한 하루 정도 미뤄보겠다고 했다. 나는 프리랜서로서 마감을 지키고 수정을 감내하는 일에 익숙하다. 어떻게든 책임진 일에 최선을 다하는 버릇이 몸에 배어 있다. 재빨리 염두에 두고 있던 그림책을 낸 출판사에 연락을 했다. 사정을 얘기하고 저용량 이미지 파일을 메일로 받았다.

작업 일정을 미루고 하루를 꼬박 끙끙대며 글을 썼다. 이런 상황이 짜증스러울 수도 있는데 노트북 자판을 두드리는 손가락들이 즐거운 게 아닌가. 늘 하는 그림을 그리는 것이 아니라 글로써 세상에 대해 말하고 싶은 것들을 표현한다. 일종의 시원함을 느낀다!

칼럼 원고는 수정 없이 쓴 그대로 나간다. 어쨌든 누구의 간섭도 없이 '나는 이렇게 생각한다.'라고 힘주어 말할 수 있다. 직설은 나를 통쾌하게 한다.

오늘, 그려야겠다!

　출간된 지 얼마 되지 않은 내 그림책을 한동안 펼쳐보기조차 싫을 때가 있다. 작업하던 몇 년 동안, 진퇴양난의 순간들을 다시 상기하고 싶지 않기 때문이다. 무엇보다 완성된 책이 만족스럽지 못한 탓이다. 누군가 책에 사인을 해달라고 할 때면 고마운 마음 한편, 창피함에 낯 뜨겁기가 일쑤다. 표지만 슬쩍 넘겨봐도 숨이 콱 막힌다. 뭔가 수치스러운 일이 들통난 것처럼.

　그림책이란, 보는 사람은 10분, 20분이면 휙 하고 보아버리지만 만드는 입장에서 보면 어렵고도 버거운 작업이다. 물론 모든 책들이 그러하리라. 만화나 수필집들도 마찬가지가 아닐까. 세상에 흔하지 않은 것이 무엇이겠냐마는 책들은 바다 속 플랑크톤의 수만큼 많다. 의미 있는 작업을 남기고 싶은 작가들의 순수한 욕망은 형형색색의 신비로운 빛깔을 내뿜는 산호초들이 되어간다. 누가 알아주고 지켜봐준다고 생긴 바다가 아닌 것처럼, 그저 작가는 자연스럽게 존재하고, 사멸하고, 다시 또 생겨난다.

출간 후 출판사에서 보내준 책들은 대체로 풀어보지도 않고 상자째로 창고나 다락에 쌓아둔다. 가끔 날을 잡아서 책들을 정리하다 보면 오래전 그림들과 재회의 시간을 갖기도 한다. 몇 번의 수정을 하면서 우여곡절 끝에 출간된 그림책이나 동화책, 전집물들이다. 오랜만에 보면 이게 내 그림인가 싶어 영 새삼스럽다.

오랜 음식 장사 끝에 손님들이 좋아하는 맛의 정답을 찾아낸 식당 주인처럼 거칠고 투박했던 감각들을 수없이 가지치기하고 솎아내면서 온건해진 것은 아닐까. 출판사에 거절당하지 않을 만큼 적당한 타협을 터득하고, 허용된 테두리 안에서 운신하게끔 스스로 자기검열을 하고 있었던 건 아닌지 싶어 씁쓸하기도 하다.

유리 액자에 넣은 그림들도 다시 살펴본다. 불과 한두 해 전 작업이다. 여전히 똑같은 장소에서 똑같은 음식, 똑같은 공기를 먹고 마시고 살아가고 있다. 그런데 왜 이런 그림들을 그려냈는지 벌써 기억이 흐릿하다. 당시엔 무언가 매우 절실했던 게 틀림없다. 그렇지 않다면 목적도 없는 드로잉을 그리느라 그토록 많은 시간을 할애했을 리 만무하다. 일러스트레이터로도 일정이 빠듯한 생활을 하고 있으면서 말이다.

드로잉 속 인물들의 눈빛이 말을 건네는 듯하다. 그때는 무엇이 그리도 간절했던가! 지금의 나는 다른 세포들로 변해버린 걸까. 과거의 연인이 불쑥 나타난 것처럼, 익숙하고도 낯설다.

그땐 자연스럽게 이미지들이 머리에서 손으로 흘러나왔다. 그리고 그것을 종이 위로 옮기는 작업이 기쁘고 벅찼다. 하지만 그 시절의 그림을 지금 다시 그릴 수는 없다.

그렇게 현재 자연스럽고 쉬운 작업들도 시간이 지나면 할 수 없는 작업이 되어버린다.

오늘, 쉽고 편한 작업은 무엇일까? 지금 가장 꺼내고 싶은 얘기는 무얼까?

미래의 내가 오늘의 그림을 보면서 끌끌 혀를 찰지 혹은 감탄을 할지 알 수 없다. 분명한 건 오늘의 그림은 오늘이 아니면 그릴 수 없다는 점이다. 내일의 나는 이미 오늘의 나와는 달라져 있을 테니까. 일년 365일 똑같은 한 점의 그림을 매일 그리더라도, 365점의 제각기 다른 그림이 되는 이유다.

오늘이 아니면 그릴 수 없는 그림을 오늘, 그려야겠다!

수작업과 컴퓨터

일년 넘게 준비하고 있는 그림책이 있다.(이 그림책은 『호텔 파라다이스』라는 제목으로 2018년에 출간되었다.) 밑그림의 펜 선을 거의 완성하고 나니 채색이라는 거대한 산이 남아 있다. 종이의 사이즈는 드럼스캔을 받을 수 있는 최대 크기이다.

그림 크기가 커지면 당연히 작업 시간도 오래 걸린다. 반면에 작은 그림을 그릴 때에는 눈이 더 피로하고 구도 잡기도 갑갑하다. 화가는 몸과 기질로 작업하기 때문에 자신에게 편안한 화면의 크기가 있기 마련이다.

내게는 축소하면 되는 큰 그림이 도리어 편하다. 드럼스캔을 해도 0.03밀리미터의 펜 선들을 디지털데이터로 잘 살릴 수 있을지 의문이다. 물론 화가 본인만이 느낄 수 있는 완벽주의일 뿐이다. 그림책은 회화 작업과는 달리 인쇄물로서의 완성도를 우선시해야 한다. 그러나 최대한 원화에 가까운 느낌을 내기 위해 끝까지 노력을 기울여본다.

예전처럼 수작업으로 종이에 직접 채색을 하면 간단한 일이다. 그러나 이번엔 컴퓨터라는 재료를 사용해서 다양한 시각적 효과를 만들어내고 싶다. 컴퓨터 작업이 익숙하거나 숙련된 것도 아니다. 나는 현대문명의 이기에 미적거리다가 겨우겨우 쫓아가는 레이트 어답터Late adopter인 셈이다. 컴퓨터는 여전히 미개척의 분야이다. 물론, 캐릭터나 배경을 조합해서 붙이거나 색을 보정하는 정도의 초보적 수준으로 포토샵을 활용하고는 있다.

일단 한 장의 그림을 드럼스캔받아 컴퓨터로 채색을 해보았다. 초보자로서는 일일이 레이어를 분리해서 색을 입히는 과정이 수작업보다 훨씬 오래 걸렸다. 마음 같아선 비용을 지불하더라도 감각 있고, 디지털 작업에 능숙한 일러스트레이터에게 채색을 맡기고 싶을 지경이었다. 그러나 미래를 생각하면 느리더라도 직접 해야 하는 게 맞지 않나 하는 결론이다.

채색에 대한 고민은 늘 선과 색이 다 살 수 있는 방법을 찾는데 있었다. 수채화나 컬러잉크를 제외하고, 아크릴이나 과슈, 색연필 등의 불투명성 컬러 재료들은 펜 선을 덮어버려서 부적합하다. 이번에는 이미 스캔받은 선이 있으므로 포토샵에서 덧씌우면 된다.

이런 고민을 내비치자 편집자는 판화지에 펜 선을 프린트해줄 테니 그 위에 색을 직접 칠해보는 방법을 제시했다. 그럴 경우 두 번 이상씩 드럼스캔을 받아야 한다. 당연히 스캔 비용이 두세 배로 불어난다. 그 방법은 최선이 아닌 것 같았다.

수작업 재료도 이것저것 사서 실험을 해본다. 이태리제 수입 판화지와 영국제 투명 과슈, 일본제 마카, 오일색연필 등을 구입하러 화방에 간다. 수입 물감은 색의 시리즈에 따라 가격이 각기 다르고 국산에 비해 고가이다. 안타깝게도 저렴한 국산과는 아직까지 질적 차이가 있다.

젊은 세대에게도 미술 재료들은 너무 비싸다. 수작업은 오랜 숙련 과정도 필요하고 수정도 어렵기 때문에 점점 더 디지털 작업을 선호할 수밖에 없게 된다. 결국 감각과 유행이 변하게 되고 사람들의 기호도 디지털 색채에 익숙해진다. 그렇게 새로운 미적 흐름에 따라 오래된 기법과 재료들은 차츰 밀려나게 될 운명이다. 반대급부로 수작업이 귀해져 값어치가 높아질 수도 있겠다.

모든 것이 투자한 만큼 돌아오듯 작가가 재료를 아껴선 안된다고 배워왔다. 오래도록 쓰지 않아서 굳어버린 물감들을 얼마나 많이 버려왔던가. 그림이란 것은 결국 '낭비의 놀이'가 아니던가!

고민은 점점 더 깊어져간다. 질 좋은 화구와 물감을 사는 것에 보태어져, 새로 나온 아이패드나 액정 태블릿을 사야 하나 싶다. 가볍고 사양이 높은 노트북을 들고 다니고, DSLR 카메라로 일상을 기록해 인스타그램에 올리는 것이 작가들의 추세다. 디지털 기기들은 하루가 멀다 하고 빠르게 발전해가니 작가들에게 재료에 대한 투자는 끝이 없다.

머릿속에 채색을 위한 온갖 복잡한 공정들과 효과들이 맴돈다. 모르면 단순한 일인 그림도 온갖 디지털 기법을 알게 되면 선택의 여지가 넓어져 고민스럽다. 결정장애가 생긴 기분이다. 책상에 앉아 원화를 보다가 그냥 팔레트를 열고 붓으로 칠하면 될 일을, 왜 이렇게 복잡하게 만드는 걸까 싶다.

컴퓨터는 잘못 그린 실수를 만회할 기회를 '무한대'로 준다. 마음에 들지 않는 색도 끝도 없이 바꿀 수 있다. 작업자는 어느 정도 적당한 상태에서 손을 떼어야 하는데 자칫 끝나지 않는 수정의 늪 속에서 헤어 나오지 못할 수도 있다. 특히 자신이 만족할 만한 수준을 추구한다면 더욱더.

그림은 원래 그리다 망치면 다시 그리면 되는 것이었다. 그림은 어설프고 나약한 실수들의 집합체로 그로 인해 인간답고 풍성한 볼륨을 쌓아가는 게 아닌가.

내 핏속에는 여전히 가보지 않았던 길, 미개척지를 탐험하고 싶은 욕구들이 가득하다. 그림을 그리는 방법이 컴퓨터든, 종이든, 캔버스든, 콘크리트 벽이든 무슨 상관이겠는가. 표현하고자 하는 것에 알맞은 재료와 방법을 찾아 무엇이든 다시 배워 나가자.

레스토랑 'Sal'에서 딜레마에 빠지다

나는 고기를 좋아한다. 어릴 때 어른들은 푸줏간으로 시집을 보내야 한다고 농담을 하시곤 했다. 주말마다 온 가족이 밥상에 둘러앉아 삼겹살을 구워 먹었다. 한입 가득히 상추쌈에 고기를 싸 먹는 나를 흐뭇하게 바라보시던 부모님 얼굴이 떠오른다.

나는 동물을 좋아한다. 개와 고양이, 소와 돼지, 염소, 토끼, 거북이, 닭, 오리…. 어린 시절부터 동물들은 사랑스러운 친구들이었다.

고기를 즐겨 먹으면서도 동물을 사랑한다는 건 나뿐만 아니라 인간의 오랜 딜레마다.

마켓 진열장에 간소하게 포장되어 있는 고기들을 내려다본다. 한때 살아 있던 생명임을 쉽게 간과한다. 지능과 감정이 있고 개성이 있으며, 살고자 하는 강렬한 의지를 가졌던 생명들이었다는 걸 떠올리는 건 불편한 노력이 필요하다. 어떤 과정을 통해 고기들이 생산되는지 익히 알고 있지만 프라이팬에서 노릇노릇 먹음직스럽게 구워지는 고기 냄새는 모든 걸 잊게 한다.

한때 고기를 끊은 적이 있다. 시골로 이사하고 얼마 후 구제역 파동이 전국을 휩쓸 때였다. 도로 곳곳에 방역 장치가 세워지고, 축사 근처에는 외부인 출입이 제한되었다. 도시에서는 피부에 와닿지 않았던 끔찍한 일들이 바로 가까이에서 일어나기 시작했다.

연신 포클레인이 구덩이를 팠다. 그리고 밤사이 축사들은 텅텅 비워져갔다.

밤마다 차가운 땅속에서 몸부림치는 돼지들의 비명 소리가 이명처럼 들려왔다. 그토록 많은 생명들을 폐기 처분할 권리가 인간에게 있을까.

도시에 살고 있는 많은 사람들도 이런 사실들을 모르지 않는다. 다만 굳이 떠올리고 싶지 않을 뿐이다. 일단 싸고 배부르고 맛있으면 그만이다. 세상은 슬프고 부조리한 일들로 가득하다. 인간사의 즐거움 뒤에는 약자들이 감내하는 처참한 희생이 어둡게 그늘져 있다.

오랫동안 고기를 끊었더니 초식동물처럼 차분해지고 체중과 함께 욕심도 줄어들었다. 피부 트러블도 가라앉고 화도 좀체 나지 않았다. 다만, 풍성하던 머리카락이 좀 가늘어졌다. 식물성 단백질로 영양소를 대체하는 걸 신경 쓰지 않은 탓이다.

가끔씩 사람들을 만나면 함께 고기를 먹는다. 식사 후 고기가 불판에 남아 있거나 치킨 조각이 남으면 봉지에 싸 가지고 온다. 염분을 빼서 길고양이들에게 주거나 밭에 묻는다. 한 생명이 쓰레기통으로 직행하는 걸 보고 싶지 않다. 쓰레기가 되려고 태어난 생명은 없을 테니까.

고기를 먹은 다음 날 수영장에 가면 표범이나 상어 같은 맹수가 되어 물 위를 날아오른다. 한두 끼를 걸러도 너끈히 일을 해낸다. 한동안 육식을 중단하다가도 체력이 떨어지면 은근슬쩍 고기를 먹지 않은 탓으로 돌린다. 고기의 위력이 실로 대단하다는 걸 인정한다. 이렇게 인간은 동물들의 살로 세상을 지배하는 공격적인 에너지를 얻어왔다.

『레스토랑 Sal』은 음식과 동물에 대한 나의 오랜 딜레마에서 출발한 그림책이다.

출간 후 출판사로 항의 전화가 여러 번 걸려왔다고 한다. 아이들이 고기를 못 먹게 하려는 의도로 만든 그림책이냐는 것이다. 그림책 행사장에서 만난 한 아이는 이 그림책을 사겠다고 엄마를 졸라댄다. 신중히 지갑을 열어야 하는 엄마는 어두운 분위기의 그림책을 사고 싶어하는 아이를 이해하지 못한다. 아이는 이 책을 사고 싶은 이유를 엄마에게 딱히 설명하지 못한다.

매일 온갖 매체를 통해 먹방이 쏟아진다. 음식은 원래부터 음식인 양 함부로 다뤄진다. 공장에서 만들어지는 가짜 음식들과

불행한 고기들을 과연 살기 위해 먹는 것인지, 먹기 위해 사는 것인지.

인간의 삶도 좁은 우리 속 동물들과 크게 다르지 않다고 생각하는 것은 나만의 판타지일까?

잃어버린 그림들

　학교에서 집으로 돌아오면 건넌방으로 들어가 만화를 그리는 것이 사춘기에 접어든 내 일과였다. 나왕으로 만든 무겁고 낮은 소파 테이블을 책상으로 썼다. 언제 갑자기 엄마가 문을 열고 들어올지 모르니 만화를 그리던 종이는 문제집으로 얼른 덮어버릴 수 있어야 했다. 매일매일 만화의 다음 칸들을 소중하게 그려나갔다. 당시에는 만화가 공부를 방해하는 사회악으로 취급당했다. 하지만 나는 장차 훌륭한 만화가가 되고 싶었다.

　내 그림 실력은 반 친구들 사이에서도 알려졌다. 가끔 학급 대항으로 누가 순정 만화 주인공을 더 잘 그리는지 겨루기도 했었다. 내 화풍(?)은 귀여운 캔디에 영향을 받았다. 하지만 기다란 눈매와 비현실적으로 길쭉한 팔다리를 그리는 황미나 풍이 유행이어서 전체 투표에서 밀린 적도 있었다. 그때 대련을 벌였던 그 친구는 만화가가 되었을까.

　중학생이 되고 입식 책상을 가지게 되었다. 책상 서랍에 넣어둔 만화 원고들은 제법 쌓여서 몇 권 분량이나 되었다. 그즈음부터 동양화 화실에 나가기 시작했다. 고등학생이 되어서는 미술부에서 수채화를 그리느라 만화는 잊고 지냈다.

대학을 진학하고서 부모님 집에서 독립했다. 내 책상은 어느새 퇴직한 아버지의 책상이 되어버렸다. 어느 날 집에 들러 책상 서랍을 열어보니 내 만화집들은 사라지고 낯선 문구류들이 진열되어 있었다. 한쪽 벽면에 미술 대회에서 따온 녹슨 메달과 깨진 트로피만 세월만큼의 두꺼운 먼지를 쓰고 걸려 있었다. 내 만화들은 빛을 보지도 못한 채, 책상 주인이 바뀌면서 그렇게 사라졌다.

고등학교 시절, 옥탑 화실의 나른한 오후, 정물 탁자 위에 해바라기 두 송이가 덩그러니 놓여 있었다. 수채화의 물맛과 묘사에 제법 자신감이 붙어갈 즈음이다.

아직도 해바라기를 그리던 그 시간을 기억하고 있다. 수채화는 색을 만들고, 칠하고, 붓을 빠는 일을 게을리해서는 안 된다. 팔레트에 부지런히 다양한 색을 만들어야 한다. 물감의 농도를 조절하며 과감하기도 하고 세밀하기도 해야 하는 것이 수묵화처럼 매력적이다. 수채화는 숙련 과정이 길지만 사랑하지 않을 수 없는 기법이다.

대학을 진학하고 삼수를 해서 들어온 과동기가 자신의 출신 미술학원에서 수채화 강사를 구한다고 했다. 생각이 있으면 정물 수채화를 한 점 갖고 와보라고 했다. 아르바이트를 구하던 차에 제일 마음에 드는 그 해바라기 그림을 건네준 것이 실수였다. 몇몇 동기들도 자신들의 그림을 보냈다. 하지만 아무도 그 학원의 강사가 되지 못했다. 동기에게 그림을 돌려줄 것을 요구했었다. 애걸하다시피 몇 번을 더 말했지만 그는 매번 알았다는 말뿐이었다.

대학 입시에 합격한 학생들의 그림을 샘플 삼아 자신의 학원에 걸어두기 위한 수작이었음을 나중에서야 짐작할 수 있었다. 우연히 지인의 개인전 뒤풀이에서 그 동기를 다시 보게 되자 그때 일이 떠올라 기분이 언짢아졌다.

이제 십 대의 수채화를 다시는 그릴 수 없다. 소녀의 설렘으로 그렁대던 그 꽃을 그릴 수는 없게 되었다.

신진 일러스트레이터 시절, 처음으로 맘에 드는 판타지 원고를 받아 들고 잘하고 싶은 마음에 두근대며 작업을 해나갔다. 그림들은 전부 크기만 작았지 아크릴과 유화 붓, 미디엄* 등을 써서 세밀하게 그렸다. 가장 마음에 드는 그림이 있었다. 건물 창문 밖으로 대머리 사내가 하늘 위를 올려다보며 누군가를 부르는 장면이다.

출간 후 반환된 원화들 중 유독 그 그림만이 감쪽같이 사라졌다. 담당 디자이너에게 전화를 해 스캔실 어딘가에 떨어진 것은 아닌지 구석구석까지 잘 찾아봐달라고 부탁했다. 찾지 못했다는 대답뿐이었다. 신인 시절이어서 어떻게 대처해야 하는지도 모르고 시간이 가버리고 말았다. 이제는 남의 그림 보듯이 디지털데이터나 책으로만 볼 수 있다.

그 후로 계약서에 원화 반환의 책임 등을 추가 약정으로 따로 기재한다. 일러스트레이션 원화를 회화 작품과 다름없이 생각하기 때문이다. 원화 전시를 염두에 두고 작업한다. 스스로 만족할 만한 그림을 그리게 되는 동기가 되어준다.

언젠가 이 그림들을 다시 만날 수 있을까? 만약 그림들을 찾아 다시 전시하는 날이 오면 첫 번째 관람자가 되어 지나온 시간 속을 거닐어보고 싶다.

*미디엄Medium_유화나 아크릴 그림의 바탕 재료로 주로 질감을 표현하는 데 사용된다.

삽화의 말로

출판사로부터 동화책 삽화 계약만료 통보를 받았다. 10년 넘게 스테디셀러로 굳건한 자리를 지키던 동화책이었다. 그 동화책에 삽화를 그렸었다. 하지만 글작가가 현재의 출판사와 계약을 끝내겠다고 하니, 그림 계약도 자동으로 (나의 의도와는 상관없이) 파기되는 셈이다. 이미 글작가의 동화 중 다른 베스트셀러가 출판사를 옮겨갔다는 것을 알고 있었다.

동화책의 경우 초등학생들이 주된 독자층이다. 글작가가 출판사를 옮기면 책을 새롭게 보이기 위해 삽화를 바꾸는 것은 드문 일이 아니다. 글작가와 화가의 공동의 저작물이긴 하지만 어느 한쪽에서 일방적으로 계약을 파기할 수 있다. 글은 다른 출판사로 가져가서 계속 출간할 수 있다. 하지만 이런 경우 삽화로 들어갔던 그림은 더 이상 사용이 불가능해진다.

꾸준히 인세가 들어오던 동화책이 절판된다면 화가로서 허탈한 일이 아닐 수 없다. 글작가와 작업을 한 화가가 나쁜 아니라서 좀 더 자세한 자초지종을 알아야 했다.

같은 처지의 K선배에게 전화를 걸었다. 하지만 K선배는 인세로 계약하지 않고 매절 계약을 했기 때문에 이번 일과 무관하다고 했다. 또한, 그 책이 초대박 베스트셀러가 되긴 했지만 매절인 탓에 결국 강 건너 돈 구경(?)만 했었다고 한다. 선배를 위로해야 할 판이었다.

나는 일러스트레이터로서 동화책에 많은 그림을 그려왔다. 단순히 돈을 벌 작정이었다면 낮은 보수의 인세 계약을 하진 않는다. 책이 안 팔릴 경우엔 얼마 안 되는 선인세로 몇 달간의 노고는 끝나버리고 만다.

그 원고를 처음 받았을 당시 나는 일러스트레이터로 신인이었다. 출간 일정이 빠듯하다고 해서 밤을 새워가며 한 달 만에 마감을 해냈다. 그림 속엔 삼십 대 초반, 나의 명랑한 상상력이 담겨 있다.

동화의 원고를 의뢰받으면 심사숙고하는 편이다. 눈물이 핑 돌고 가슴을 후려치는 원고라면 바로 오케이다. 판타지나 호러 등 새로 도전해볼 만한 신선한 원고도 대환영이다.

표지는 되도록 내지의 이미지를 쓰지 않고 새로 작업한다. 시안을 여러 개 만들어 최대한 시각적으로 시선을 끌 만한 표지를 만들고자 노력한다. 표지의 첫인상은 매우 중요하기 때문이다. 그렇게 작업한 그림들은 좋은 책이 되어 오래도록 세상 속에서 살아갈 것만 같았다. 동화책은 결코 글작가만의 것이 아니다. 당연히 편집자, 디자이너, 출판사, 독자 모두가 함께 만들어낸 결실이다.

저작권에 대해 조언을 해주실 수 있는 분한테 연락을 드렸더니 이런 경우 안타깝지만 일러스트레이터가 권리를 주장하기는 어려울 것이라고 한다. 공동의 저작물이라 해도 권리의 한계가 분명한 삽화가의 비애다.

글작가 선생님한테 전화를 걸었다. 가끔씩 송년회 자리에서 인사하던 사이여서 친절히 상황을 알려주시고 출판사를 알아보는 중이니 연락을 주겠다고 하셨다. 새 출판사가 다른 화가를 섭외해서 책을 다시 낸다고 한들, 할 수 있는 일이란 없다. 내 그림을 빼버린 그 동화책은 더 이상 나의 책이 아니다. 느닷없는 이별 통보, 결국 영영 이별이다.

그 후, 한 출판사로부터 동화 일러스트레이션을 의뢰하는 전화를 받았다. 마니아층이 두터운 작고한 유명 작가의 동화라고 했다. 유족분들이 출판사를 옮겨 재출간을 원한다고 했다. 편집자에게 우선 물었다. 전 출판사에서 함께 작업했던 화가와는 얘기가 된 거냐고. 당연히 출판사 입장에서는 상관없다는 답변이 돌아왔다. 글만 계약을 했을 뿐이고, 그전 책에 있던 그림은 같이 계약이 되질 않았을 테니까. 이전 책에 삽화를 그린 화가도 동병상련의 처지다. 쓸쓸한 마음으로 원화들을 버리지도 못하고 자신의 작업실 구석에 고이 모셔두고 있으리라.

  화가들은 동화의 원고를 반복해서 읽고 등장인물들을 살아 숨 쉬는 캐릭터로 만들기 위해 노력한다. 누군가는 글이 먼저 창작된 것에 무게를 둘 것이다. 그림은 원고를 읽고서 나중에 그려진 것 아니냐고 반문해올지도 모르겠다. 어느 변호사는 심지어 2차 저작물과 혼돈하기도 한다. 동화에 그림을 그리는 일이 유행 따라 갈아입을 수 있는 옷으로 여겨진다는 생각이 들어서 서글퍼진다. 적절한 비유인지는 모르겠지만 입양한 아이를 먹이고 입히며 애지중지 길러내었는데, 친부모가 도로 데리고 가버린 심정 같은 거라고 할까?

  가끔씩 서점에 들러 신간을 둘러본다. 표지가 눈에 띄어 내지를 살펴보면 좋은 그림 때문에 감탄하는 경우가 종종 있다. 일러스트가 좋아서 책을 구매하기도 한다. 신인일 경우에는 책을 만든다는 사명감과 함께 인정받고 싶은 욕구가 합쳐져 지나치게 많은 분량의 그림에 힘을 실은 것을 보게 된다.

  "인세도 적게 받는 동화책에 이렇게 잘 그려주면 다른 작가들은 어떻게 하라는 거야."

  예전, 내가 신인일 때 베테랑 일러스트레이터 친구가 했던 말이다. 이젠 그 심정을 이해한다. 시장은 열악한 계약 조건에도 불구하고 높은 퀄리티로 그림을 그려줄 화가는 얼마든지 있다고 생각하게 될 것이다.

동화 삽화는 아무리 좋은 그림을 그려도 그 책의 주인공이 되기 어렵다. 이미지를 확장시키고 글의 흐름에 긴장감을 더해서 상품으로서 구매력을 끌어올리지만, 하나의 작품으로서 제대로 된 평가를 받지 못하고 있는 실정이다. 그런 점에서 동화 삽화를 열성적으로 작업해온 나 같은 작가들은 허탈감에 빠지게 된다.

그럼에도 동화에 계속 그림을 그리고 싶다. 책장을 넘기다 만나게 되는 그림이란 독자에게 얼마나 내적으로 긴밀한지 알고 있기 때문이다. 게다가 글보다 더 깊은 시각적인 상상력을 동원해 장면을 잡아낼 때 드는 짜릿함도 있다.

'동화작가들이여!
괴기스럽고, 신비로운, 황당하고, 배꼽 잡는 걸출한 동화를 많이 써주세요. 원고를 읽고 공감하고, 멋진 그림을 그려내고 싶은 화가들을 위해서요. 단지 원고가 좋아서 당신의 책에 그림을 그려준 화가라고 생각지 마시길. 어쩌면 당신이 글을 쓰는 시간보다 더 오래 그림을 그리고, 글이 보여주지 않는 세계를 찾아 이미지의 바다 속을 헤매다 온 화가, 심사숙고 끝에 당신의 원고를 선택한 사람이 나란 걸 잊지 마세요.'

(이 글에서는 일러스트레이션이란 말이 더 적합하지만 빠른 이해를 돕기 위해 삽화라고 한다.)

우연히 '콤비'

겨울 오후, 인스턴트커피를 머그잔에 타서 홀짝이며 전지 사이즈의 판화지를 내려다보고 있다. 드로잉이나 일러스트레이션 작업을 할 때엔 고급 판화지를 주로 쓴다. 종이를 잘라서 젯소*를 칠해두려던 참이었다.

순간, 머그잔을 들고 있던 손목이 삐끗했다. 아뿔싸! 커피가 종이에 '후드득' 쏟아졌다. 잠시 망연자실···. 이미 엎어진 물이다. 아니, 커피.

내친 김에 종이에 커피를 조금씩 더 흘려 부어보았다. 잘 퍼지도록 종이 양 끝을 잡은 채로, 이리저리 흔들었다. 커피로 자연스런 갈색 얼룩을 만들어볼 요량이다. 이렇게 염색된 종이는 잘 말려둔 뒤, 직접 드로잉을 하거나 스캔을 받아서 배경 이미지로 사용해도 좋다.

어떤 그림들은 아무런 계획 없이 시작되기도 한다. 종이 위에 연필이 사각대며 나아가긴 하지만 무엇을 그릴지 모른다. 낙서를 하듯 즉흥적인 드로잉이다. 장 미쉘 바스키아Jean-Michel Basquiat가 아닌 이상 십중팔구 종이를 버릴 확률이 높다. 일단 손에게 모든 걸 맡기기로 한다.

동그라미 두 개를 소심하게 그린다. 안경이다. 안경에 박쥐 날개를 이어 그린다. 박쥐 안경을 쓴 기괴한 모습의 노인을 그린다. 낡은 군용 헬멧을 쓰고 도포를 입고 있다. 엉뚱한 조합이다. 마치 상이용사처럼 보인다. 손을 그린다. 손은 마음의 표정을 담기에 적절하다. 잔인함, 예민함, 나약함, 강인함…. 특히 손톱을 그릴 때는 연필 끝에 힘이 들어간다.

잠시 뒤로 물러나 그리고 있던 그림을 응시한다.

갈색 커피 얼룩들이 안견의 '몽유도원도' 속 기암괴석 같다. '몽유도원도' 진품은 일본 덴리天理 대학 중앙도서관에 소장되어 있다. 진본을 볼 수 있는 유일한 국내 전시를 놓친 것이 못내 아쉬웠던 차다.

콩테**로 선을 긋고 문지르며 기암괴석들로 공간을 채워 넣는다. 안견이 가진 형태 감각을 새삼 찬탄해 마지않는다. '천재'란 말을 좋아하지 않지만, 분명 초일류 화가임에 틀림없다. 기묘한 드로잉 한 장이 완성되었다. 나만이 그릴 수 있는 드로잉이다. 다른 일러스트레이터가 대체할 수 없는.

봄이 오는 동안 이 그림은 종이들 사이에서 잠들어 있었다.

어느 햇빛 좋은 날 정원일을 하다가 문득 어떤 이미지가 떠올랐다. 2층 작업실로 올라가 연필을 들고 드로잉을 시작했다. 2층 작업실에서는 주로 회화 작업을 한다. 나무 패널에는 항상 도화지를 붙여놓는다. 빈 도화지를 바라보면 어느 순간 형상이 어슴푸레 나타나기도 하고, 기분에 따라 손이 가는 대로 그림이 그려지기도 하기 때문이다.

살찐 생쥐 위에 올라타 손발을 맞잡고 비행 연습 중인 소녀를 그렸다. 훗날 이 그림은 『콤비 Combi』의 표지 그림이 되었다. 며칠 뒤엔 사춘기 소녀의 머리를 잘라주는 늙은 도마뱀도 그렸다.

소년을 안고 힘차게 공중으로 날아오르는 사슴벌레, 죽은 거북이 등껍데기를 갑옷처럼 입고서 보초를 서는 소년, 한쪽 눈이 먼 소녀를 위로하기 위해 우쿨렐레를 연주하는 사마귀….

그렇게 일주일에 한 장꼴로 계속 그림을 그렸다. 이제 막 피어나는 사춘기 소년, 소녀들과 작은 곤충들이 서로를 애틋하게 보살피고 있다.

먼 우주로부터 서서히 내게로 다가왔던 에너지가 마침내 종이 위에서 모습을 드러낸다.

『콤비 Combi』는 나와 단짝이 되어주었던 인생의 콤비들과 함께 만들어낸 그림책이다.

화가와 일러스트레이터, 미술과 문학, 내가 만나온 사람과 동물, 오랜 나의 편집자, 실험적인 작품을 받아준 출판사, 작품을 깊이 있게 해석해준 큐레이터, 영상 제작을 해준 영상작가….

우연히 흘린 커피 몇 방울이, 내가 만들어왔던 인간관계들이, 어느 순간 형상이 되고 이야기가 되어 그림책 안으로 모여들었다.

오래도록 화가와 일러스트레이터의 경계에서 곤혹스러워했었다. 그 어느 쪽에서도 안착할 수 없는 이단아 같은 기분이었다. 아이러니하게도 익숙한 회화 방식으로 자유롭게 그린 그림들이 그림책으로 출간되었고 다시 몇 년 후 현대미술 작품으로 전시를 하게 되었다.

뭔가 해묵은 번민들이 눈 녹듯이 사라진 느낌이다. 두 장르 사이에서 고민할 게 없었나 보다. 나다운 그림을 그리는 게 답이었구나 싶다. 장르라는 구분은 선택해서 줄을 서야 하는 게 아니었다. 내 그림이 담기는 그저 두 개의 바구니 같은 것일 뿐이다.

창작을 한다는 건 예기치 않은 신비한 힘이 작용하는 일이다. 아주 사소한 출발이지만 인생을 담은 이 작은 쪽배는 어느새 계곡을 지나서, 보편의 강과 바다로 흘러간다.

나와 단짝이 되어주었던 나의 콤비, 그대들이 고맙고 그립다.

＊젯소Gesso_물감을 칠하기 전에 발라 발색과 내구성을 높이는 밑칠 재료
＊＊콩테Conté_연필보다 무른 경도를 가진 드로잉 재료

타인과 춤을

착하기만 한 동네는 없다

'어린이책을 만드는 사람들은 착하다.'라고 한다. 지금까지 만나온 일러스트레이터나 그림책 작가들은 내가 보기에도 수줍음 많고, 선량해 보인다. 순수미술가들의 카리스마 넘치고 외골수 같은 분위기와는 사뭇 다르다. 그 이유가 단지 동심의 세계를 그리는 화가들이라서 그런 것일까?

일러스트레이터는 사회적 예술가이다. 클라이언트들로부터 선택받아야 하며 업계의 평판도 신경 써야 한다. 출판사 편집자들만큼은 아니더라도 입조심해야 하고, 자신에게 불이익이 생길 만한 행동을 삼가야 함은 물론이다. 겉보기엔 프리랜서는 자유로운 직업처럼 보일지도 모르겠다. 하지만 실상은 불안정한 비정규직 노동자와 다름없다. 자본주의의 차디찬 칼끝 위에서 있는, 하고많은 작가라는 직업의 개인사업자일 뿐이다. 그러므로 홀로, 알아서, 잘 살아남아야 한다.

스케치를 보내고, 샘플 그림을 보낼 때마다 편집자들의 반응을 기다리면서 초조해한다. 오케이 사인이 오면, 내심 '휴우' 하고 안도의 한숨이 나온다. 한 권의 책을 만드는 협업 작업은 편집자의 요구 사항이나 작가의 주장이 지나쳐서 트러블이 생기기 쉽다. 가장 나쁜 경우는 편집자가 지시하는 방향에 따라 화가가 손을 빌려주는 '아바타' 같은 역할로 전락하는 상태다. 결코 좋은 결과물이 나오기 어렵다. 그림 안에는 화가의 감정이 서리기 때문이다. 되도록 즐겁게 작업할 수 있도록 서로 배려해야 한다.

일러스트레이터는 나이가 들고 경력이 쌓인다고 해서 더 높은 보수를 받고 대우를 받는 건 아니다. 출판 시장 역시 철저히 시장경제의 원리대로 움직이기 때문이다. 젊은 편집자들은 나이 많은 작가와 함께 일하기 부담스러워할 수도 있다. 유행 지난 신통치 않은 그림을 그려 보내면 언젠가부터 일이 들어오지 않게 된다. 좋은 작업을 위해 부단히 노력해야 한다.

그림을 그려 생활을 꾸려갈 수 있었던 건 행운이었다고 생각한다. 마감을 할 때마다 높은 산을 간신히 넘어가는 심정이었지만, 열심히 작업한 책들이 시장에서 좋은 반응을 얻을 땐 보람도 있었다. 사회의 일원으로 살고 있다는 안도감이 들었다.

현실에서 이상이라는 벽은 멀고 높게 보이지만 실제는 한 계단을 올라서는 정도면 충분하다. 다음 계단은 그때 가서 발을 내딛으면 된다. 무성한 잡목 숲도 많은 사람들이 걷다 보면 길이 되어간다. 뒤돌아보지 않고 가려던 방향으로 묵묵히 걸어가기로 한다. 언젠가 같은 길을 걸어오는 사람들을 만나 반갑게 인사를 나누게 될 거라 믿는다.

책 인간

　대학 시절 밤을 지새우며 읽고 가슴에 새긴 몇 권의 책들은 아직도 책장 어딘가에 꽂혀 있다. 수없이 이사를 다니고 서가 정리를 했음에도 곁에 남아 있는 책들이다. 박상륭의 『죽음의 한 연구』, 밀란 쿤데라의 『불멸』, 무라카미 하루키의 『세계의 끝과 하드보일드 원더랜드』, 마루야마 겐지의 『물의 가족』….

　이 책들은 낡아서 달콤한 종이 냄새를 품고 책장 한자리를 차지하고 있다. 숱한 세월의 변화에도 버려지지 않고 살아남은 책들이다. 만일 이 책들을 처분해야 하는 날이 온다면 아마도 생의 또 다른 경계 앞에 서 있지 않을까. 가령 이민을 간다거나 아니면 가방 하나 들고 요양원에 들어가야 하는 상황이라든가.

　옛 친구들은 오래전에 읽고서 서가에 꽂아둔 책 같다. 지금은 전화도 뜸하고 한 해에 한두 번 볼까 말까 하는 소원한 사이가 되어버렸지만 그들은 늘 그 자리에 있을 것만 같다. 언제든 전화기를 집어 들면 목소리를 들을 수 있고, 서로 마주 보고 히죽댈 수 있는 사이. 사십 줄을 지나고 갱년기를 넘으면 다시 자주 보게 될까. 그때쯤이면 지금보다 서로를 한 발짝 멀찍이 바라보는 여유로움이 깃들겠지.

친구라는 책은 전부터 몇 번이나 읽어온 터라 문체도 친숙하고 플롯도 알고 있다. 드라마틱한 사건들도 반복해서 읽다 보니 어쩔 때는 마치 내가 직접 겪은 일 같기도 하다. 비슷한 전개와 낡은 문장은 지겹기도 하다마는, 버리자니 그 시절 밑줄 그은 추억들이 소중하고, 쌓아두고 살자니 빛바래고 먼지가 쌓여짐스럽기도 하다.

먼지를 털고 아무 페이지나 넘겨본다. 종이 냄새를 한번 맡아보고는 도로 손이 잘 가지 않는 책장 아래편에 꽂아둔다. 나란 사람을 만들고 지탱하는 책들을 구들장처럼 깔아둔다. 흐리고 울적한 날이면, 아궁이에 군불을 피워서 등을 지지며 다시 꺼내어 읽어볼 수 있을 테지.

인터넷으로 주문한 책들이 도착하면 선물이라도 받은 양 잠시 설렌다. 커터 칼로 종이 상자의 테이프를 조심스럽게 긋는 동안엔 마치 케이크를 자를 때처럼 달달한 기대로 마음이 부푼다. 돈에 대한 기준을 주로 한 권의 책값으로 산정하곤 한다. 밥값이 너무 비쌀 경우 그 비용으로 책 몇 권을 살 수 있는지를 비교하는 식이다.

우연한 자리에서 호감이 가는 작가들을 만나기도 한다. 평소에 작품만 알고 있었던 경우나 신인 작가들이 먼저 인사를 하는 경우도 있다. 오래된 만남이 편하다면 새로운 얼굴들은 신선하다. 갓 나온 따끈한 신간이나 읽고 싶었던 책을 마침내 손에 든 것 같은 기분이다.

주변에 작가들이 많다 보니 책 속에서 지인들의 모르던 부분을 발견하기도 한다. 책이란 실로 작가의 뿌리 깊은 정신세계를 표출하는 장이 아니던가. 그러나 작가는 독자들에게 보여주고 싶은 면만을 드러내기도 한다. 책은 상품으로서 어쩔 수 없는 포장이 필요하다.

독자가 읽고 있는 것은 작가와 출판사가 만들어낸 편집된 세계다. 감동적인 작품을 만들어낸 작가를 현실에서 만나보면 그저 평범한 사람들과 다르지 않다. 술이라도 한잔하다 다소 실망스런 모습을 보게 될 수도 있다. 작가는 얼마든지 작품 뒤에 숨을 수 있기 때문에 거리를 두고 봐야 아름답다.

한편, 알고 지내던 지인의 책을 보다 뜻밖에 감탄하게 되는 경우도 생긴다. 평소 신세 한탄과 자기부정을 일삼지만 정작 작품에서 고매한 정신 승리를 발견하기도 한다. 자신을 벼랑 끝까지 밀어붙이며 투쟁한 치열한 작가의 모습을 마주한다. 늘 가까이 있어 깨닫지 못했다. 새삼 경외와 존경의 마음이 일어난다.

어떤 경로로든 책들은 끝도 없이 쌓여간다. 집 공간을 차지할 만한 가치를 가진 책들만 남겨진다. 실로 많은 분량의 서적들을 부정기적으로 처분하곤 한다. 책들을 정리하며 내가 하는 일에 회의가 들 때가 있다. 누군가의 시간과 노력, 생명을 가졌던 나무가 버려진다. 나는 과연 누군가의 책장에서 오래도록 버틸 수 있는 그림책을 만들고 있는 걸까. 수십 년 뒤에도 사라지지 않을 의미 있는 작업을 하고 있는 걸까.

나로서는 알 수도 어쩔 수도 없는 일이다. 스스로에게 의미 있는 생이면 족하리라.

서늘한 얼굴

3년 정도 대학 강의를 나갔었다. K예술종합학교는 프랑스의 보자르(예술전문학교)와 비슷한 체계를 갖춘 곳이었다. 수업은 애니메이션학과의 전공필수 과목인 '테크니컬 일러스트'였다.

학기가 시작되자 강사 회식이 있어 인사차 홍대 앞의 한 중식당에 갔다. 정규직 교수들과 함께 늙고 지친 만년 강사들도 자기네끼리 일상적인 대화를 나누고 있었다. 젊은 강사들도 한둘 보였다. 그들은 서로 말을 섞지 않은 채 음식만 열심히 입으로 나르고 있었다.

자리가 불편하기도 해서 밥만 먹고 얼른 일어나려는데 오십 대 중후반으로 보이는 한 교수님이 넌지시 말을 걸어오셨다. 자신은 이전에 내가 맡게 될 일러스트 수업에 강의를 했었노라고 했다. 덧붙여서 학생들이 애니메이션 전공으로는 졸업 후에 미래가 밝지 않다고도 했다. 그러니 되도록이면 일러스트레이션 쪽으로 학생들의 진로를 이끌어달라는 얘기다.

90년대 중반, 정부에서는 만화와 애니메이션 진흥을 위해 학교와 단체들에 힘을 실어주는 듯 보였다. 만화와 애니메이션을 배울 수 있는 신규 대학과 학과들이 우후죽순 격으로 생겨났다. 하지만 이후에도 그 분야는 고전을 면치 못하고 있었다.

당시는 2000년대 중반으로 아직 웹툰 시장이 활기를 띠기 전이었다. 출판 시장의 경기는 그때까진 나쁘지 않았다. 하지만 애니메이션과 학생들에게 일러스트레이션은 그리 매력적인 분야가 아니었다.

치열한 입시 경쟁 탓인지 애니메이션과 학생들은 높은 자긍심과는 반대급부로 현실에 대한 깊은 자괴감을 겪고 있었다. 학생들 대다수가 게임 회사에서 아르바이트를 하면서 수업을 듣고 있었다. 그들은 대부분 컴퓨터로 그림을 그리기 때문에 나 같은 회화과 출신의 작가에겐 배울 것이 그리 많지 않았을 것이다.

종이와 물감 등이 재료실에서 무상으로 지급되었지만 아무도 꺼내 쓰지 않았다. 학생들에게 수작업의 맛을 다시 알게 하는 것은 거의 래퍼에게 판소리를 가르치는 것과 비슷하리라 생각했다. 어쨌든 수작업 재료들을 다뤄보게 했다. 그리고 출판미술의 예술적 수준과 가치를 학생들에게 보여주는 것으로 수업을 진행해갔다. 다행히 스무 명 남짓한 학생들은 그림책, 아트북, 그래픽노블 등의 책들도 감상하고, 수작업 재료도 다뤄보는 편안한 수업으로 여기는 듯했다. 그들 중 몇몇은 학년이 올라간 뒤에도 찾아와서 자신이 만든 그래픽노블이나 그림책 더미 북을 보여주었다.

얼마 전 '언리미티드 에디션'이라는 독립출판물 전람회에 갔었다. 마침 부스에 앉아서 자신들의 작업을 홍보하고 있던 과거의 학생들과 재회했다. 졸업하고도 여전히 밤샘 작업에 시달리는지 마른버짐이 피어 있는 얼굴이었다. 작은 부스 테이블 위에는 포스터와 만화책, 굿즈 등이 놓여 있었다. 그들과 몇 마디 안부를 나누고 책과 포스터 몇 점을 구입했다. 잘 지내라고 작별인사를 하고 인파 속으로 떠밀려갔다. 집으로 돌아와서도 뭔가 석연치 않고 미안한 마음이 드는 것은 왜였을까. 고작 시간강사 몇 년 나갔다고 책임감을 느껴야 하는 것은 아니었지만, 여전히 그들이 갈 길을 헤매고 있는 건 아닌지 걱정스러웠다.

그날 사온 포스터는 지금도 작업실 벽에 걸려 있다. A3의 저렴한 프린트지에 출력된 흑백 드로잉이다. 폐허가 된 건물에서 음악을 만들고 있는 한 남자가 정면을 응시하고 있다. 주위에는 앰프와 앨범 CD와 담배꽁초가 너저분하다. 오직 자신이 창조하는 음악 외에는 아무것도 관심 없다는 듯 시니컬하고, 자신감에 찬, 지독히 고독한 얼굴이다.

오래전 나의 얼굴과 마주하는 듯하다. 청춘의 불안과 들뜬 열정을 돌아보는 것은 괴로운 기분에 휩싸이게 한다. 저 그림 속 서늘한 청년이었던 나는 지금의 나를 어떻게 바라볼까?

적도를 넘어온 친구

　몇 년 전부터 카톡으로 연락이 오는 H라는 친구가 있다. H는 고교 동창이다. H의 말에 따르면 우리는 고3 때 같은 반이었다고 한다. 아마도 자신을 잘 기억하지 못할 것이란다.

　전교조 사태가 일어났던 시절, 선생님들이 대거 해고되던 때도 그해였다. 고3이었던 우리는 새로 만난 반 친구들과 사귈 정신적 여유마저도 없었다. 선생님들이 안 계시니 수업은 자율학습으로 대체되었고 학생들은 수시로 데모를 하러 다녔다.

　나는 방석을 들고 다니며 학교 독서실의 나무 의자에서 입시준비를 했다. 교정의 왕벚꽃들이 구름처럼 흐드러진 봄날을 내다보지 않으려고 일부러 나무 덧창문까지 걸어 닫았다.

　학교 수업이 끝나면 바로 미술학원으로 가서 정물 수채화와 석고 데생을 그렸다. 미리 발표된 석고상들과 정물들을 기계처럼 반복해서 그리고 또 그렸다. 연필을 깎을 때와 붓을 물통에 휘젓는 순간만이 유일하게 쉬는 시간 같았다.

당연히 H의 이름도 얼굴도 떠올리지 못했다. 뉴질랜드라는 지구 반대편에서 H가 보이스톡으로 전화를 걸어왔을 때, 면 소재지에 있는 헬스장 러닝머신 위를 걷고 있었다. 잠시 땀을 닦으러 나와 통화를 했다.

H는 오래전에 뉴질랜드로 이민을 갔다고 한다. 그곳에서 친구들과 함께 인테리어 업체를 운영하고 있다고 했다. 부모님이 모두 일찍 돌아가셨고, 한국에는 오빠 부부만 있으며, 아직 독신이란다. 나도 간략한 신상에 대해 얘기하며 응대했다. H는 언제든 숙식을 제공할 테니 뉴질랜드에 놀러 오라고 했다. 한번쯤 여행 갈 생각이 있기도 해서 주소도 받아두었다. H는 자신의 현재 얼굴 사진도 보내주었는데 도무지 기억이 나질 않았다.

명절 때 부모님 댁에 간 김에 졸업 앨범을 꺼내 확인해보니 어렴풋이 기억이 떠올랐다. 짧은 커트에, 약간 곱슬머리로 선머슴 같은 아이였다. 조금 불량해 보였던 것 같기도 했다. 여학교에는 남학생처럼 보이는 애들이 더러 있는데 나도, H도 그랬다. 둘 다 억지로 교복 치마를 두르고 있을 뿐 똑같이 커트 머리에 반항기 가득한 얼굴을 하고 있었다.

선생님들의 부재로 우리 학년의 대학 진학률은 개교 이래 사상 최악이었다. 중학교 때 입시를 치러 들어온 학교였다. 마무리 학업을 정리해줄 교사들이 없어 오로지 참고서와 문제집을 붙들고 있는 수밖에 없었다. 학원 과외가 없던 시절이다. 졸업생들의 입시 성과가 좋을 리가 만무했다. 우리 반에서 나를 포함해서 대학에 진학한 학생은 단 세 명뿐이었다. 후기대를 준비하는 동급생들의 무겁고 우울한 분위기 속에서 나 홀로 탈출하는 미안한 마음으로 고교 시절의 마지막 겨울을 보냈다.

H는 종종 연락을 해왔다. 곧 한국에 들어온다면서 카톡으로 연락이 왔다. 양평에 있기도 했고 스케줄도 바쁜 터라 약속을 잡기 힘들었다.

한두 번쯤 한국이 그리워서 옛날 동기들에게 안부를 물어오거나 만날 수는 있다. 그러나 우리는 학창 시절 친하지도 않았고 한 번도 얘기를 깊게 나눈 기억도 없는 사이였다. 그렇게 잊고 지냈는데 또다시 헬스장 러닝머신을 걷는 중에 H에게 카톡 문자가 왔다. 얼마 전 한국에 왔으니 밥 한번 먹자고 했다. 일주일 후에 다시 떠난다고. 서울에 나갈 일이 당분간 없다고 하자, 차가 있고 멀지 않으니 내가 있는 곳으로 찾아오겠다고 했다.

마감에 쫓기고 있어 마음의 여유도 없었다.

"양평은 멀어."

"적도를 넘어왔는데 거기가 멀겠니?"

"…."

먼 곳에서 온 동창이 얼굴 한번 보자는데 뭘 그리 튕기나 싶어졌다. H에게 집 근처에 오면 점심을 사겠다고 문자를 보냈다. H가 장소와 주소를 알려달라고 했다. 그런데 시골이라 일요

일에 문 여는 식당이 근처에 없었다. 어렵게 먹었던 마음이 헝클어져버렸다. 결국 고민 끝에 식사 약속은 또다시 무기한으로 연기되고 말았다.

'나는 너무 야박한 사람일까. 세상을 지나치게 부정적으로 보는 어른이 되어버린 걸까.'

사람을 만나고 밥 한 끼 먹으며 사는 애기 나누는 것이 왜 이렇게 부담스럽고 두려운 일이 되어버린 걸까. 외국 생활의 서러움과 외로움을 겪어봐서 잘 알지 않던가. 뼈 시리게 외로운 날, 누군가와 담소하는 것만으로도 마음이 따뜻해지고 살아갈 힘이 생긴다는 것을.

H에게 나는 그런 친구가 되어줄 따뜻하고 좋은 사람으로 기억되었을지도 모른다.

내가 한국에서 차곡차곡 강퍅한 어른이 되어가는 사이에 그녀는 이민을 떠났던 이십 대 시절의 마음으로 연락을 한 것은 아닐까. 적도를 사이에 두고 내가 북반구에서 여름을 보내는 동안 H는 남반구에서 추운 겨울을 보내고, 내가 좋은 사람, 나쁜 사람을 가려내는 눈을 기르고 있을 때, H는 초원의 양떼들을 하염없이 바라보며 고국의 사람들을 그리워했을까.

'H여,

부디 적도 너머 그곳에서 안녕하길!'

122

타인의 피와 땀

대학 친구인 M이 책을 출간했다. M이 에세이를 내게 되리라 고는 예상치 못했다. M은 화가로 지금껏 전시회를 통해서만 작품을 발표해왔다. 그녀의 출간 소식을 접하고는 무릎을 '탁!' 하니 쳤었다. 과연 편집자의 안목이란 이런 것이다 싶었다. M의 작품은 전시도 좋지만 요즘 같은 시절, 책으로 출간하는 게 딱이라는 생각이 들었기 때문이다. 그릇에 담긴 요리처럼 책 표지에 앉혀진 M의 그림은 옛날에도 있었고 미래에도 있을 것만 같은 안정감을 준다.

대학 졸업 후 M을 포함해서 네 명의 친구들과 함께 망원동 유수지 근처에 작업실을 냈었다. 30평 정도의 낡은 2층 건물은 마치 대학교 회화과 실기실의 연장선상 같았다.

M은 대학을 졸업하자마자 과동기들 중에서 가장 먼저 결혼을 했다. 자연스럽게 출산을 하고 나서는 작업실에 발길이 뜸해졌다. 작업실은 그리 오래 유지되지 않았고 얼마 후 나는 유

학을 떠났다. 뜨문뜨문 다른 친구들을 통해 M의 안부를 들었다. 아이를 키우고, 미술학원을 운영하며 바쁜 시간을 쪼개서 틈틈이 작업하고 꾸준히 전시를 한다고. 그리고 세월이 흘러 어느새 대학생이 된 딸과 전시회를 보러 다니는 M의 모습이 낯설기만 했다.

M은 작은 오래된 구멍가게를 직접 찾아다니며 사진을 찍고 그 풍경을 세밀한 펜화로 남겼다. 그녀의 그림은 머지않아 사라질 것들에 대한 연민이자 지난 추억에 대한 기록이다.

M의 작업에 관심을 가지고 지켜보던 한 출판사가 출간 제의를 해왔다고 했다. 출간이 되자마자 M의 첫 그림 에세이는 출판 시장에서 좋은 반응을 얻었다. 20여 년간 자라난 나무가 마침내 꽃을 피우게 된 것이다.

페친(페이스북 친구) 작가가 그림책을 출간했다. 그를 직접 만나본 적 없지만 그의 게시물을 즐겨 보다 보니 마치 친근한 사람 같다. 기쁜 마음에 바로 온라인 서점에서 책을 구입했다. 그는 주로 낙서와 아들과의 일상, 기름진 술안주 사진을 올리곤 한다. 그 작가에 대해 아는 것은 고작 그것뿐이다. 아이를 키우며 그림책을 출간하는 일이 얼마나 힘든 일인지 나로서는 가늠조차 어렵다. 개와 거북이와 채소를 키우면서 그림책을 만들어내는 것이 이리도 힘들기 때문이다.

마흔을 넘기면서 무언가 꾸준히 해오던 사람들의 인생 최고의 기량을 보게 된다. 모두들 참 열심히 살아가는구나 싶어서 새삼 놀라게 된다.

　이제 내가 꼭 이뤄야만 하는 세계는 특별히 없을지도 모른다. 누군가 내가 하고 싶었던 이야기를 나보다도 더 멋지게 세상에 내어놓고 있으니 말이다. 자유분방한 회화, 글과 그림의 조화를 이룬 그림책, 인생을 담은 에세이, 기발한 만화…. 그들의 힘찬 전진에 손바닥이 붉어지도록 박수를 쳐주고 싶다. 훌륭한 작품은 한 개인의 것이 아닌 우리 모두의 성취이기 때문이다. 그리고 내게도 지치지 말라고 응원해주는 사람들이 필요하다.

세상에는 그림이 너무 많아

　건널목에 서서 인사동 입구를 바라본다. 플라타너스 가로수
아래로 사람들이 붐비고 있다. 지인의 전시회가 아니면 이젠
좀처럼 이 동네를 찾지 않는다. 인사동과 북촌 일대는 이미 관
광객들로 넘쳐나서 고즈넉한 분위기를 잃어버렸다. 서촌에 있
는 미술관이나 작은 갤러리를 다닌다. 약속도 웬만하면 서촌으
로 잡는다.

　대학 시절부터 졸업 후 몇 년간은, 일주일에 한 번꼴로 인사
동에 왔었다. 동기들, 선후배들, 선생님들이 인사동에서 전시회
를 열었다. 오프닝이 있는 수요일 저녁마다 인사동 골목골목의
전시장을 순례하곤 했었다.

　뒤풀이 장소에 들어서면 찌개백반과 술 몇 잔으로 이미 불콰
해진 얼굴들이 손을 흔들어 맞아주곤 했다. 그 얼굴들은 어디
에서 잘들 살고 있나. 가끔 그 시절이 생각나 '부산식당'에 들러
갓 지은 콩밥과 생태찌개를 먹고 온다.

대학을 갓 졸업하고, N갤러리에서 첫 개인전을 열었다. 당시 신진 작가들에게 전시를 열어주는 공모전이었는데 포트폴리오 심사와 프리젠테이션을 통해 운 좋게도 전시 기회를 얻었다. 비록 작은 갤러리였지만 신인 작가들에게 전시와 홍보에 필요한 것들을 성실히 지원해주었다. 전시 이후 연이어 큰 그룹전에도 참가할 수 있게 되었으니 내게는 든든한 발판이 되어준 고마운 인연이 아닐 수 없었다. 하지만 출판 일러스트레이터로 활동하며 전시와는 자연스레 멀어져갔다. 미술 동네에 대한 관심도 끊어졌다.

새 그림책 출간에 맞춰 전시를 하려고 전시장을 물색하던 중 N갤러리가 아직도 인사동에 건재하고 있음을 알게 되었다. 전시 일정 등을 의논하기 위해 N갤러리에서 대표와 만났다.

오래전 내 작업실을 방문했던 삼십 대 초반의 푸르른 청년은 희끗해진 머리의 푸근한 중년이 되어 있었다. 그는 바로 어제 만난 듯이 반갑게 맞아주었다. 예전에 받았던 전시 지원에 대한 고마움을 잊지 않고 있었던 터라, 그간 다른 업계에서 활동해온 것이 괜스레 미안하기도 했다.

"어디서든 붓을 놓지 않았으면 되지요."라고 그는 말했다.

대표는 일주일간 무상으로 공간을 대여하고, 계약 조건도 원하는 대로 맞춰주겠다고 했다. 월세를 내야 하는 상업 갤러리로서 쉽지 않은 대우다. 마음이 훈훈해졌다.

그는 작가에게 더 열악해진 전시 조건과 발전 없는 미술 시장에 대해서도 안타까워했다.

세상에는 그림을 그리려는 사람은 많아도 사려는 사람은 너무 적은 것이 문제다. 미술계는 늘 그렇듯 수요와 공급이 불균형이라는 얘기다.

그림은 물질로 남아 공간을 차지한다. 매년 대학에서 졸업하는 미대생 중 소수는 작가를 꿈꾼다. 작업실을 마련하고 작품 활동을 시작한다. 어렵게 전시회를 열어도 전시 후 팔리지 않는 작품들은 작업실 한편에 차곡차곡 쌓인다. 언제 판매될지 모르는 재고들이 공장 창고에 쌓이는 꼴이다.

미술 시장의 컬렉터들은 단지 집을 장식하기 위해서 작품을 사들이지는 않는다. 신진 작가의 미래가치를 보거나, 이미 가치를 인정받는 안정된 유명 작가의 작품을 구매한다. 예술품에 대한 투자인 셈이다.

일반인들이 그림을 사고 싶어서 갤러리에 찾아온다 해도 그림 가격을 보곤 발걸음을 돌릴 수밖에 없다. 상업 갤러리의 경우, 작품가 절반으로 수수료를 가져가기 때문에 작가도 재료비와 액자, 인건비를 생각하면 그림값을 낮추는 데 한계가 있다. 갤러리도 마찬가지여서 공간 대여료와 유지비, 배송비와 보험, 큐레이터 월급, 홍보물 제작비 등이 들어가기 때문에 작품 가격을 낮추다 보면 결국 이윤을 남기기 어려워진다.

그나마 신인작가공모전과 레지던시 프로그램으로 젊은 예술가들은 지원받을 수 있는 기회라도 많다. 그러나 정부예술지원금이 아니면 전시를 계속하기도 힘들다는 중견의 작가에게는 '버티기'밖에는 대안이 없는 걸까. 기회가 닿아 높은 평가를 받고 그림값이 오르고 그림을 사겠다는 컬렉터들이 앞다퉈 나타나지 않는 한, 수많은 작품들은 작가의 공간 속에서 잠들어 있어야 한다.

집 안에 쌓아둔 캔버스 작품이나 드로잉 액자들을 보고 있으면 한숨이 절로 나오기는 나 역시 마찬가지다. 일러스트 원화도 해마다 쌓여간다. 언젠가 원화 바겐세일이라도 해서 싼값에 모조리 팔아버려야 하는 게 아닌가 생각한다.

그러다가도 노년에 회고전이라도 하려고 할 때, 내걸 만한 그림이 하나도 없다면 어떻게 하나 싶어 마음을 접는다.

온라인에서 그림을 대여해주는 오픈 갤러리가 활성화되고 있다. 저렴한 비용으로 몇 달에 한 번씩 그림이 교체된다면 공간 분위기를 바꿀 수 있어 좋을 듯하다. 작가 입장에서도 작업실에 그림을 쌓아두지 않고 순환시킬 수 있고 그에 따른 수익도 얻을 수 있다. 물론 아직까지 작품 관리와 여러 가지 우려스러운 부분들이 남아 있다. 머지않아 많은 작가들이 활용할 수 있는 체계화된 예술 플랫폼이 발전을 거듭해가지 않을까. 예술품을 소수의 사람들이 구매하고 소장하기보다는 다수가 감상하고 공유하는 문화로 변화해가는 게 바람직하다.

부드러운 가시

　친한 선배가 전시 오픈을 하는 날이다. 갤러리 주소가 '창신동'이었는데 처음 가는 곳이다. 동대문 지하철역에 내려 지하도에서 올라오자 차와 오토바이 소음에 정신을 차릴 수가 없다. 서울 사람들은 매일같이 이런 소음 속에서 살아가고 있었던가! 시골에서 고즈넉한 생활을 하고 있어서 서울 풍경과 소음들이 새삼 생경하다. 베트남이나 인도 도심 어디쯤 와 있는 착각마저 든다.

　찻길을 벗어나 골목에 접어들자, 매캐한 가솔린 연기를 뿜어대는 오토바이들이 쉴 없이 언덕길을 오르내린다. 창신동은 동대문 의류 상가에 각종 제품들을 납품하는 봉제 공장이 밀집해 있는 지역이다. 마치 과거로 타임머신을 타고 내린 듯, 골목길 주변의 소규모 공장들과 상가들은 80년대 거리를 연상시켰다. 미용실, 전파사, 여행사, 중국집, 떡집과 구멍가게들…. 건물마다 전등 불빛과 왁자지껄한 사람들로 활기가 넘쳤다.

사방을 두리번거리며 언덕길을 한참 올라가다 보니 문득, 이런 동네에 갤러리가 있다는 게 의아하다. 정말 이곳이 맞나 싶다. 선배는 왜 하필 이런 정신없는 시장통 같은 분위기에서 전시를 하는 걸까? 인사동이나 서촌, 홍대 부근에서 하면 훨씬 더 편할 텐데…. 언덕길을 한참 오르자 가을이 시작되는 9월인데도 이마에 땀이 맺힌다.

한복집 맞은편에 불 켜진 작은 갤러리가 보였다. 다세대주택의 차고로 쓰였을 법한 작은 공간으로 이런 거리에 다소 뜬금없는 모양새이긴 하다. 전면 통유리창으로 내부가 훤히 들여다보인다. 반은 넋이 나간 내 얼굴을 반가워라 맞는 선배는 여전히 노랑머리에 검정 치마 차림이었다. 오십이 훌쩍 넘은 나이에 소화하기 쉽지 않은 스타일이지만 선배에게는 나름 잘 어울린다.

선배와의 인연은 출판 일러스트레이터로 일을 시작하던 시절로 거슬러 올라간다. 벌써 20년이 다 되어가는 시간들이다. 처음으로 어린이책의 그림 일을 시작할 요량으로 서점에서 참고 삼아 샀던 책이 바로 선배가 그린 그림책이었다. 당시엔 선배의 그림이 출판계에서 아주 참신했던 것으로 기억한다.

선배는 일러스트레이터로 고시 공부하는 남편을 뒷바라지하고 두 아들을 키워냈다. 주부와 작가의 삶 사이의 줄타기를 하며 분주하게 주방과 작업실을 오가야 했다고 한다. 작가로서

풀어내고 싶었던 작업들은 엄마라는 이름으로 긴 세월 동안 봉인되어 있었다. 이제는 장성한 아이들을 품에서 떠나보내고, 자신의 시간과 오롯이 마주하고 있다. 미뤄두었던 작업을 실타래처럼 풀어내기 시작했다.

선배의 작업은 손뜨개질로 3차원의 공간에 드로잉을 하는, 이른바 설치미술이다. 손뜨개질이나 바느질로 인형들을 만들어서 그림책을 내기도 했었다.

수많은 털실 가닥이 그물코를 만들어 성긴 그물망들을 이루고 시들어버린 화분과 빈 병을 감싼다. 전시는 차고 갤러리에만 국한된 게 아니었다. 선배는 2층 봉제 공장으로 올라가는 계단 난간 나무 손잡이에 뜨개질한 옷을 입혔다.

백반을 쟁반째 머리에 이고 온 식당 아주머니가 계단을 오른다. 아주머니는 잠시 난간 손잡이를 한 손으로 짚고서 숨을 고른다. 그러곤 '영차!' 다시 힘을 내서 계단을 마저 올라간다. 그 바람에 예쁘게 잘 입혀두었던 선배의 손잡이 옷이 조금 비틀어졌다. 식당 아주머니에게는 선배의 작품이 잠시 기댈 수 있는 털실 손잡이 난간일 뿐이다.

선배 반응이 더 재밌다. 창신동 사람들이 자신의 작품을 대하는 그런 태도가 좋다고 했다.

'예술이 뭐 별것인가.'

오프닝 파티를 여는 장소는 건물 안쪽 마당이다. 사방이 다세대주택으로 둘러싸여 있어 빛이 들지 않는 정원에는 콩나물처럼 멀대 같은 감나무가 좁은 하늘을 향해 뻗어 있다. 선배는 이 감나무에도 붉은 뜨개실로 옷을 해 입혔다.

전시 제목이 왜 '부드러운 가시'일까 생각해봤다. 가시는 식물들이 자신을 보호하기 위해 자란다. 스스로를 지키기 위해 필요하지만 결코 타인을 다치게 하려는 건 아니다. 선배는 오히려 다치기 쉬운 연약한 가시들을 부드러운 털실로 감싸 보호해주고 싶은 마음이 아니었을까?

건물 안쪽은 낡은 다세대주택을 리모델링해서 게스트 하우스로 만들었다. 80년대 새마을주택에서 살았던 내게는 익숙한 실내 공간이었다. 빈티지한 멋스러움이 구석구석 여전히 살아 있다. 부엌에 차려진 오프닝 음식이 꽤나 푸짐하다. 돼지족발과 김치, 홍어무침, 깻잎과 고추전, 김밥, 닭강정…. 모두 창신동 사람들에게 입소문 난 맛집에서 직접 공수해왔다고 했다.

선배는 전시장 한편에서 지친 얼굴로 "전시는 왜 하는 것일까요?" 하고 자문하듯 물었다. 허리가 아파 누워서 뜨개질을 하며 봉제 공장의 미싱사처럼 전시를 준비해왔겠지.

'도대체 내가 지금 뭘 하자고 이런 일을 하고 있지?'라고 끝없이 반문하면서.

누군가 일러스트레이터는 '시장의 화가'라고 했던가! 맞는 말이다. 시장 바닥에서 그림값을 흥정하고 맞춤 제작을 하고 보통 사람들의 밥값을 벌며 하루하루 억척스럽게 살아가는 화가.

통장 잔고를 확인하고 생활을 꾸리고 일감이 떨어지지 않을까 전전긍긍하고, 마감 기간에 맞추느라 밤을 새워서라도 작업을 마무리해야 하는 봉제 공장 미싱사와 뭐가 크게 다를까.

선배의 작업처럼 설치미술 전시는 지원금이 없이는 하기 어렵다. 전시 지원이 있다면 선배가 더 규모 있는 전시를 할 수 있었을 텐데, 하는 안타까운 마음도 들었다. 하지만 반대로 생각해보면 크고 거창한 전시만이 좋은 건 아니다. 이 외지고 작은 전시가 나를 비롯해 작가를 아는 지인들에게 충만한 기쁨이 될 수 있었으니까.

창신동 언덕길을 그동안 함께 그림책을 만든 편집자와 디자이너와 걸어 내려왔다. 지나치는 풍경들이 무대 위의 세트들처럼 아기자기했다. 활기찬 창신동 거리가 선배의 전시와 같이 어우러지니, 하나의 뮤지컬 공연처럼 느껴졌다. 밤새 불을 켜고 미싱을 돌리는 젊은 여배우, 오토바이로 분주히 물건을 나르는 배달 기사 역할의 중년 배우, 머리에 백반 쟁반을 이고서 계단을 오르는 아주머니 역의 노배우, 그리고 마법처럼 뜨개질로 거리에 예쁜 옷을 해 입히는 예술가까지….

이토록 모두 각자의 삶을 가열차게 살아간다. 작업을 하고 전시를 하는 일에서 의미를 찾는 건, 어쩌면 지치고 허무하고 외로운 일일지도 모른다. 힘겹게 산에 올라 허공을 향해 소리를 치는 것처럼.

어느 산골짜기를 두드린 소리는 천천히 메아리로 돌아온다.

"너, 잘 살고 있어?"

"나, 잘 살고 있다!"

반짝반짝 빛나는

합정동에 자주 가는 서점이 있다. B플랫폼이라는 그림책 전문 서점이다. 주로 유럽 예술그림책과 아트북, 독립출판물들을 진열하고 판매한다. 주기적으로 전시와 강연을 열기도 하고, 북바인딩 수업도 진행한다. 나는 가끔씩 관심 있는 '작가와의 만남'을 신청해서 듣는다.

서가 안쪽으로 양팔을 뻗으면 양쪽 벽이 닿을 듯 작은 전시 공간이 마련되어 있다. 좁은 통로 끝 공간은 강의와 각종 워크숍, 북바인딩 수업을 진행하는 작업실 겸 강의실이다. 강연 수용 인원은 스무 명 남짓이므로 틈 없이 붙어 앉는다. 인기 작가가 초대될 경우에는 예약을 서둘러야 한다.

처음엔 협소한 공간에서 소수의 관객을 불러 강연을 하는 것이 작가 입장에서는 맥 빠지지 않을까 걱정했었다. 여러 차례 강연을 듣다 보니 괜한 기우였음을 깨닫는다. 오히려 적은 인원과 작은 공간 덕분에 친밀하고 깊이 있는 대화를 나눌 수 있다.

미리 신청한 신인 작가 강연이 있는 날이다. 양평에서 굳이 먼 길을 가야 하지만 작가들의 작업 과정을 듣는 일은 신선한 자극이 된다. 강의실은 벌써 자리가 꽉 차 있어 맨 앞줄에 앉았다. 신청 대기자도 꽤 많았다고 한다. 강연자석에는 싱그럽고 앳된 아가씨가 수줍게 앉아 있었다. 이제 미술대학을 갓 졸업한 신인 작가로 졸업 작품이 출간으로 이어지기까지의 과정을 얘기했다. 작가들이라면 궁금해할 법한 제작 기법들도 소상히 밝힌다.

작은 목소리로 조근조근 얘기하는 스물여섯 살의 작가는 교수 앞에서 작품 발표를 하는 학생처럼 보였다. 젊음과 재능이 뿜어져 나오던 나이, 나의 스물여섯 시절을 만나듯 저절로 입가에 미소가 피어난다.

강연을 들으러 온 사람들도 작가와 비슷한 또래로 보였다. 미술대학을 졸업하고 막막하던 시절, 사회 초년생들은 학교라는 울타리와 학생이라는 보장된 신분에서 퇴출당한다. 스스로를 무엇이라고 지칭할 수 없는 어정쩡한 시기가 한동안 지속된다.

강연하는 작가는 독립출판물로 만든 졸업 작품집이 전시를 보러 온 편집자의 눈에 띄어 첫 출간을 하게 된 경우였다. 주변 친구들이 많이 부러워하겠지. 동양화과 출신답게 비단에 채색한 회화 작품도 펼쳐 보였다. 관객들도 원화를 돌려보며 감탄해 마지않는다. 개인적인 생각으로는 전시를 원화로 하면 더 좋지 않았을까 하는 아쉬움이 들 정도였다. 관람자 입장에서는 아트프린트보다는 작가의 손길과 숨결을 느낄 수 있는 원화를 직접 보고 싶기 때문이다.

같은 테마를 컴퓨터로 다시 작업을 해 독립출판물로 만든 리소프린트* 화집은 디자인이 세련되다. 리소프린트 화집을 살까 그림책을 살까 망설이다 결국, 그림책을 샀다. 아트 프린트도 몇 장 구입한다. 하나의 주제를 미술 작품으로, 독립출판물로, 출판사를 통해 그림책으로 만들어낸 과정이 좋았다. 대개는 미술 작품은 갤러리에, 독립출판물은 국내외 각종 북페어에, 그림책은 서점과 도서관으로 분류되어진다. 향유자들도 계층과 연령이 모두 다르다. 갤러리를 찾는 미술 애호가들, 독립출판 페어의 힙한 젊은 관람자들, 서점과 도서관에서 그림책을 집어 드는 독자들이다.

책에 사인을 받고 작가와 몇 마디 나눈다. 소량 판화 기법인 리소그래프를 대량 출판 인쇄인 옵셋 인쇄로 전환한 과정이 궁금했다. 준비하고 있는 그림책을 컴퓨터로 채색하는 걸 고민하던 차라 강연이 많은 도움이 되었다.

작가의 포스터를 얻어 가지고 돌아와 작업실 벽에 걸어두었다. 사 온 그림책은 종이를 만져보고 제본 상태를 요리조리 살펴본다. 작가의 싱그럽고 반짝이는 얼굴이 떠오른다. 기묘한 기분이다. 이제는 시간 여행을 위해 비행기를 타지 않고 젊은 작가들을 만나는 자리에 간다.

나의 과거이기도 하고 새로이 펼쳐질 미래이기도 한 당신들의 얼굴과 내 얼굴이 멀티플라이된다.

*리소프린트Risopirnt_한 번에 한 가지 색만 인쇄하고 여러 색이 필요한 경우에는 그 위에 겹쳐 인쇄하는 방식의 프린트

부러움이 사무친다

　서울 일러스트페어엔 엄청난 인파가 온다고 해서 지레 겁을 먹고 한 번도 가보지 못했다. 올해는 그림책 작가들 모임에서 해외 일러스트레이터 초청 강연을 예약해두어서 겸사겸사 관람할 기회가 생겼다.

　강연자는 프랑스 작가인 이치노리Icinori다. 공동으로 작품을 제작하는 혼성 듀오 일러스트레이터로 삼십 대 작가들이다. 스트라스부르 장식미술학교를 나와 현재 공방을 꾸리고 다방면으로 혈기 왕성한 일러스트레이션 작업을 해나가고 있다.

　장식미술학교 내에는 판화와 컴퓨터, 리소프린터 등 각종 재료나 기기를 자유롭게 사용할 수 있는 시스템이 있다. 학생들은 전문 테크니션들에게 작업을 구현하기 위한 기술과 조언을 얻는다. 교수는 학생이 탐구하려는 작업에 사고를 확장해주고 방향을 제시하는 조력자로서 역할을 한다.

　이치노리는 인그레이빙* 판화와 리소프린트, 컴퓨터, 펜드

로잉 등 수작업과 컴퓨터를 다채롭게 구사한다. 그림책, 독립
출판물, 포스터 디자인 등 그래픽아티스트로 국경 없이 활동
중이다.

지리적으로 유럽은 여러 문화와 연결되어 있다. 다양한 인종
과 문화가 혼재되어 있는 국제도시에 산다는 것은 예술가에게
큰 행운이기도 하다. 프랑스는 방대한 유럽과 아랍, 희랍, 아프
리카의 문화를 흡수하는 축복받은 환경을 부여받았다.

유럽인의 눈에 매력적인 문화를 가진 나라의 사람들은 덩달
아 인기가 있다. 유럽에서는 일본문화를 높게 평가해온 역사가
깊다. 일본이 백 년간 서구에 자신들의 문화를 알리기 위해 무
던히 힘써왔던 것을 간과해서는 안 된다. 반면 한국은 중국과
일본, 서구문화를 수용하고 영향받아 오면서도 독자적인 한국
문화의 정체성을 찾아보려다 포기한 느낌이다. 문화적으로 지
대한 영향을 받은 인도, 중국, 일본 등 아시아의 역사와 문화 전
반에 대해 무관심하면서 어떻게 한국문화의 특징을 분류할 수
있을까.

이치노리는 작가로서는 비교적 젊은 나이에 강연과 활발한
작품 활동을 국제 무대에서 펼치고 있다. 루이비통Louis Vuitton
에서 지원하는 여행그림책을 만들기 위해서 다시 한국에 올 예
정이라고 하니 이 또한 부럽지 않을 수가 없다.(현재 루이비통 프
로젝트『SEOUL』은 출간되었다.)

강연이 끝나고 그들의 독립출판물과 그림책을 구매할 수 있

었다. 내 손에는 얇은 아트북이 들려 있었다. 그로테스크한 드로잉을 리소프린트하고 중철 제본한 독립출판물이다. 사인을 받으려고 줄을 섰다. 두 작가는 한 사람씩 열심히 공을 들여 매번 즉석에서 새로운 드로잉을 그려준다. 기다리는 시간이 꽤나 걸렸다. 덕분에 순서를 기다리며 주변 사람들과 얘기를 나누고 인사를 했다.

강연을 보고 나와 일러스트페어까지 돌아보니 체력이 바닥나기 시작했다. 그림들이 더 이상 눈에 들어오지 않았다. 이토록 많은 일러스트레이터들이 작품을 알리고 싶어한다. 그중에는 드물게 번쩍이는 재능이 엿보이는 작품들도 있었다. 관심을 가지고 작품을 찬찬히 보아주는 것만으로도 기쁜 기색인 작가도 있다. 작가에게 인정이란 얼마나 목마른가.

디지털 세대로 감각적이고 화려한 화면 구성은 가히 폭발적으로 성장했음을 느낄 수 있었다. 내용 면에서는 젊음 특유의 저항과 반항이 이전 세대들만큼 강하지 않다. 순수미술이나 일러스트레이션이나 판매를 위한 상업성에 눈치를 보는 모양이다. 이 사회의 불안은 도전적이고 용감무쌍해야 할 예술가들을 순응적인 소상공인으로 만들어버린 건 아닐까.

그럼에도 작가들 스스로 돌파구를 찾아 새로운 시장을 만들어내고 있는 건 고무적인 일이다. 소셜 미디어를 활용해 팬덤을 만들어가는 과정도 놀랍다. 더 이상 기성 출판 시장에 기대지 않는 이들의 독립적인 행보가 예술 시장의 큰 흐름을 바꾸고 있다. 해마다 전 세계에서 다양한 성격의 도서전과 아트북 페어가 열린다. 거의 매달 있다고 보면 될 정도다. 이미 독립출판은 예술 문화의 한 형태로 자리 잡은 지 오래되었다. 예술성과 희소성을 가진 작품들은 높은 판매가에도 불구하고 미술품처럼 컬렉터들에 의해 구매가 이뤄진다.

국내에는 '서울아트북페어(언리미티드 에디션)'와 '퍼블리셔스 테이블'이 매년 성황리에 열리고 있다. 미국, 유럽, 일본, 대만, 중국에서 열리는 북페어들도 주목할 만하다. 물론 이들 페어에 참가하기 위해선 주최 측의 눈높이에 맞는 커트라인을 통과해야 한다. 참가비와 여행 경비를 감안해서 수지 타산에 맞는지 점검해봐야 할 것이다. 다양한 북페어에 참가하여 세계 곳곳을 누비는 것이 작가들의 새로운 트렌드가 되지 않을까. 무엇보다 참신하고 개성 넘치는 작품성으로 승부해야 함은 두말할 필요가 없다.

*인그레이빙Engraving_판화에서 도구를 이용해 금속판의 표면을 파낸 후, 파낸 선 안으로 잉크를 문질러 넣어 힘을 가해 눌러 찍어내는 음각 기법

오아시스로 가는 길

풀씨 같은 생을 함께

보리를 데리고 동해 바다에 여행을 가기로 했다. 당일치기로는 자주 갔지만 개와 함께 숙박을 하기는 처음이다. 숙박 공유 사이트를 통해서 마당이 있고, 애견 동반이 가능한 숙소를 구할 수 있었다.

개를 집에 두고 가는 국내여행은 길어야 2박 3일이 고작이다. 개는 주인 없는 막막한 시간을 홀로 집 안에 갇혀 보내야 한다. 시간 개념을 알지 못하니 빈집에 남겨진 채 기약 없는 감금을 견뎌내야 하는 것이다. 여행을 마치고 집에 돌아와보면 보리가 물과 사료를 먹은 흔적이 없다. 돌아온 주인을 눈물 흘리며 반긴 후, 그제야 안심하고 밥과 물을 먹기 시작한다. 자신이 언제까지 굶게 될지 모르니 최대한 버텨보는 것이리라.

똘똘하게도 내가 들고 나가는 가방이나 옷차림으로 주인의 외출 기간을 눈치채는 듯하다. 화장을 하고 구두를 신으면 밤 늦게 돌아오는 것이다. 추리닝에 운동 가방을 둘러메면 두세 시간 안에 돌아온다. 쇼핑몰 가방이 나오면 함께 차를 타고 서울에 가게 된다. 이럴 땐 신이 나서 가방 주위를 돌며 꼬리를 흔들어댄다. 큰 배낭이 며칠 전부터 내려와 있으면 녀석의 표정이 매우 어두워진다. 아주 오랫동안 집을 비운다는 뜻이다. 화가 나서 집 안에 오줌을 지려놓기도 하고, 풀 죽은 얼굴로 바닥에 엎드려 한숨을 쉬곤 한다.

해외여행을 계획하면 개를 맡기는 게 가장 힘든 일이다. 부모 집에 맡기거나 친구에게 부탁을 하기도 미안하다. 한번은 아파트에 사는 펫시터에게 맡겼더니 개가 너무 짖어대는 통에 이웃들에게 민폐를 끼쳤다고 했다. 다신 맡아주지 않을 것 같은 눈치였다.

이번 여행은 '송지호 둘레길'을 함께 도는 트레킹 코스를 일정에 넣었다. 보리와 쉬엄쉬엄 걸어서라면 서너 시간이면 족하다.

잘 정비된 호숫가 산책로를 따라 걷기 시작한다. 9월이라 피서객들이 사라진 둘레길은 한적하기 그지없다. 나는 동해에서도 가장 북쪽에 위치한 '고성'을 좋아한다. 특유의 청명하고 고즈넉함이 늘 한결같다.

보리는 올해로 아홉 살이 넘었다. 사람으로 치자면 환갑이 넘은 셈이다. 녀석은 어느새 내 나이를 빠른 속도로 추월해가고 있다. 작년 이맘때만 해도 신이 나서 바닷가 모래밭을 달리더니 올해는 파도 소리가 무서운지 멀찍이 떨어져 앉는다.

둘레길에 나설 때만 해도 처음엔 혀를 빼물고 줄을 당기며 앞서 나갔었다. 하지만 불과 3, 40분도 되지 않아 이내 뒤처지기 시작했다. 이제는 뒤에서 미적대며 따라오고 있다. 한낮, 그늘 없는 길을 걷자니 보리가 침을 흘리고 몸에서 열이 나기 시작했다. 그늘에서 잠시 쉬며 물을 먹이고 간식을 준다. 마사지를 해주고 컨디션을 살핀다. 노견 효도 관광을 온 기분이다. 정작 보리는 집에서 편히 지내다 무리한 행보를 하는 셈이다. 주인과 함께한다는 것뿐, 낯선 집에서 자고, 장시간 달리는 차의 비좁은 바닥에서 엎드려 있어야 한다. 개로서는 고역일 게다. 그래도 주인과 함께여서 좋은 걸까?

왕곡마을에 다다른다. 언덕길을 따라 앉아 있는 북방 한옥들이 정갈하다. 다행히 개를 데리고 온 것을 나무라는 어르신들은 없다. 마을을 구경하고 내려와 바다로 나가는 도로를 걷는데 빗방울이 떨어지기 시작한다. 비가 금세 그치지 않을 것 같아 마을 식당에 들러 점심을 먹기로 한다.

식당 건물은 새로 지은 한옥이다. 툇마루 밑기둥에 개 줄을 묶어놓는다. 창문으로 보리가 보이는 맞은편 식탁 자리에 앉는다. 뜨거운 추어탕을 떠먹는 동안 보리를 지켜본다. 보리도 이쪽을 쳐다본다. 손을 흔들어 보이면 녀석도 꼬리를 흔든다.

다시 비를 맞으며 숲길을 걷는다. 인적이 없는 것 같아 보리의 목줄을 잠시 풀어준다. 소실점 끝을 향해 걷다가 뒤를 돌아본다. 보리가 어기적대며 따라오는 폼이 영락없이 다리 아픈 노인네 같다. 연로한 부모와 함께하는 산책처럼 마음이 저려온다.

언젠가 보리가 없을 날들을 생각하는 것만으로도 슬퍼진다. 나의 반려견으로 와줘서 고맙다.

풀씨 같은 생을 함께 살아가는 동안 끔찍이도 붙어 있자.

겨울 깊은 스케치북

겨울이 오면 슬슬 여행 준비를 시작한다. 춥고 음울한 날씨가 이어지는 2월은 여행의 최적기다. 한국의 겨울 날씨에 질려버리는 시기이기도 하다. 더운 나라에서 가벼운 차림에 슬리퍼를 끌고 다니고 싶어진다. 오토바이 매연 냄새가 그립고 이국의 향신료로 풍미를 낸 음식을 맛보고 싶어진다. 이것은 일종의 향수병에 가깝다.

우선 가고 싶은 나라를 정해야 한다. 이때 기준은 무엇보다 여행 경비다. 빚을 내서 여행을 가거나 과도한 경비를 쓰지 않는다. 되도록 휴가철이나 공휴일에는 움직이지 않는다. 나에게는 프리랜서라는 축복의 쿠폰이 있다. 여행을 떠나기 전에 완벽한 일정을 짠다는 건 불가능에 가깝다. 늘 예측할 수 없는 변수들이 여행자를 기다리고 있다.

여행 가방을 잘 싸는 게 중요하다. 그림 도구들이 늘 고민이다. 스케치북과 연필 두 자루, 지우개 그리고 색연필과 붓펜 중에서 잘 쓰는 색들을 필통에 넣는다. 작은 수채 팔레트와 붓을 챙길 때도 있다. 마지막으로 플라스틱 파일 박스에 모두 담는다.

여행을 하다 보면 실제 그림을 그릴 여유가 별로 없다. 다음 일정을 찾고 버스를 예약하고 돌아다니며 사진 찍기도 바쁘다. 호텔에 돌아와 씻고 나면 손가락 까딱할 힘도 남아 있질 않다. 그럼에도 짬짬이 여행 수첩에 그날의 일정과 지출 내역을 꼬박꼬박 적어놓는다. 어디서든 그림보다는 생존이 우선이다.

여행 가방으로는 독일제 도이터 배낭을 사용한다. 해외여행이라고 하면 캐리어를 떠올리지만 주로 오지를 찾아다니는 편이라 등산용 배낭이 적합하다.

여행 짐은 간소하게 싼다. 불편을 감수하더라도 최소한의 물건으로 여행한다. 어딜 가나 사람이 사는 곳엔 적당한 물건들이 있기 마련이다. 인도에선 화장실에 휴지가 없으면 물바가지로 뒤처리(?)를 하는 방법을 배우면 된다. 현지에서 필요한 것들을 사는 것도 소소한 재미를 준다. 쇼핑은 여행의 참맛이 아니던가! 현지인들이 가는 시장에 가서 그릇이나 도시락통 같은 생활용품, 각종 패브릭이나 옷가지들, 가방과 장신구들도 산다. 집 인테리어 소품으로 쓰거나 패션으로 걸치고 꾸미고 다니며 여행의 여운을 즐긴다.

시간이 너무 빨리 간다고 느끼는 사람에겐 여행을 권한다. 매일 똑같이 반복되는 일상은 1년이든, 2년이든, 결국 하루나 다름없다. 뇌는 반복되는 일상을 기록하지 않는다. 그러나 여행을 하면 매일매일이 새롭다. 모든 길이 처음 가는 길이고 처음 만나는 사람들이다.

여행이 고생스러운 것임을 새삼 확인한다. 야간 버스에서 내려 무거운 배낭을 메고 숙소를 찾는다. 다른 언어의 사람들과 의사소통을 하고, 낯선 숙소에서 잠을 청한다. 입에 맞지 않은 음식으로 끼니를 때운다. 그럼에도 피곤한 여행자로 보내는 시간이 어느 때보다도 충만한 건 왜일까? 과거와 미래에 얽매인 '나'라는 무거운 짐을 던져두고 떠나왔기 때문이다. 배낭 하나 분량의 삶만으로도 어디서든 자유롭게 지낼 수 있다는 걸 잊고 산 것이다.

스케치 도구를 꺼내어 무언가를 그린다. 인상적인 사건이나 사람들의 모습, 눈앞에 펼쳐진 풍경일 때도 있다. 내가 여행자로서 가장 평화롭고 행복한 순간이다.

길을 찾으면, 다시 길을 잃는다

　노년에는 더 이상 여행을 할 수 없게 될까 봐 두렵다. 수입이 없어지고 여행을 갈 수 없는 형편이 되면 어쩌나 걱정이 된다. 몸이 아파 걸을 수 없게 될 수도 있다. 생각만 해도 우울해진다. 집이 없고 친구가 없고 개가 없는 일보다도 힘든 일. '여행이 없는 삶'이다. 그 다음 순위가 '그림을 그릴 수 없는 삶'이지 싶다. 의외로 그림을 그리지 못하는 것은 괜찮을지도 모르겠다. 침침한 눈과 떨리는 손으로 더 이상 애쓰지 않아도 될 테니까.

　많은 사람들이 여행을 하고 싶다고 말한다. 그러나 여행은 돈과 시간의 여유가 필요하다고도 한다. 여행을 중요하게 생각하지 않는 사람들의 얘기다. 안정된 생활을 우선으로 생각하면 여행은 항상 후순위로 밀린다. 여행처럼 로맨틱해 보이지만 현실적인 일이 또 있을까? 현실적이지 못하면 여행을 떠날 수조차 없다. 여행이란 인생의 한 무대를 축약해놓은 것과 같기 때문이다. 여행길에 오르는 순간, 시간은 과거를 돌아보지 않는다. 집 생각, 일 생각은 전생의 일처럼 접혀진다. 가족들, 친구들 얼굴도 사라지고 심지어 맡겨두고 온 반려견도 잊는다. 새로운 생이 흰 종이처럼 발 앞에 펼쳐진다.

대학에 입학하고 스무 살 되던 해, 첫 해외여행을 떠났다. 아르바이트로 돈을 모아 홍콩 경유 인도행 비행기표를 끊었다. 지금처럼 저가 항공권이 없던 시절이어서 비행기표가 무척 비쌌다. 홍콩은 스탑오버로 3일 동안 머물러야 했다. 시내에 도착해 공항버스에서 내릴 때, 일행 중 한 명이 내가 자신의 배낭을 메고 갔다며 빈 몸으로 내렸다. 우리는 똑같이 생긴 배낭을 가지고 있었던 것이다. 내 배낭이 버스 안에 그대로 남겨진 채 버스는 출발해버렸다. 멀어져가는 버스 뒤꽁무니를 쫓아 홍콩의 차도를 달렸던 게 나의 첫 해외여행에 대한 기억이다. 첫날은 그렇게 배낭도 없이 뒤숭숭한 마음으로 청킹맨션에서 잠을 청했다. 왕가위 감독의 영화 〈중경삼림〉에 나오는 아파트다. 거대한 바퀴벌레가 날아다니는, 공포영화에 나올 법한 흉흉한 건물이었다. 삐걱대는 녹슨 철제 침대에서 근심으로 쉽게 잠들지 못했다. 다음 날 다행히 공항에서 배낭을 찾을 수 있었다.

애된 처자 둘이서 다니니 어딜 가든 호기심 어린 눈들이 쫓아왔다. 밤 기차를 타면 검은 얼굴에 눈망울이 큰 인도 남자들이 원숭이 떼처럼 우릴 쳐다보고 있었다.

"Don't look at me!! I'm not monkey!"(쳐다보지 마! 난 원숭이

가 아냐!)

인도인들은 절대 이해할 수 없는 말이다. 길거리에 널브러진
개들처럼 흔해 빠진 원숭이들에게 아무도 관심을 두지 않는다.

오랜 시간이 흐른 뒤 다시 인도에 갔다. 그때 나는 삼십 대 후
반이 되어 있었다. 간디 공항에 내리는 순간, 콧속으로 파고드
는 진한 향기가 인도에 도착했음을 알려주었다. 미친 듯이 끓
어넘치는 소음과 혼잡한 인파를 뚫고 성큼성큼 걸어나간다. 릭
샤왈라*들이 앞길을 막는다. 여행사에선 변함없이 관광객에게
싸구려 버스표를 속여 팔고 있다. 끈질기고 치졸한 상술이 지
긋지긋했지만 인도다움은 여전하다. 신들의 말조차도 믿을 수
없게 만드는 카오스의 세계.
길을 찾으면, 다시 길을 잃는다.
어느새 과거의 내가 남아 있지 않음을 깨닫는다.
여행이 시작된 것이다.

*릭샤왈라_인도에서 자전거 인력거를 끄는 사람

그림보다 수다

친한 후배 작가 둘이 동해로 스케치 여행 겸 바캉스를 가자고 했다. 여름 휴가철에는 여행을 가지 않는 편이지만 모처럼 열정적인 그림쟁이들과의 시간을 마다할 이유가 없었다. 그림책 작가 B가 마련한 묵호의 작은 아파트에서 각자 편한 시간에 모이기로 했다.

B는 동해로 여행을 왔다가 우연히 지인을 통해 오래된 소형 아파트를 덜컥 샀다. 서울에 작업실이 있으므로 가지 않는 날에는 친구들과 지인들에게 집을 빌려준다.

영화 〈봄날은 간다〉에서 영화배우 이영애가 "라면 먹고 갈래요?"라고 했던, 바다가 보이는 아파트다. 생각만 해도 낭만적이지 않은가!

마침 집에서 걸어서도 갈 수 있는 거리에 중앙선 기차역이 있다. 기차가 하루에 네 번밖에 정차하지 않는 한적한 간이역이다. 시골로 이사 오고 나서 10년 만에 처음으로 동해로 가는 노선을 이용해보게 되었다. 목적지인 묵호역까지는 네 시간이 넘게 걸린다.

기차에 올라 예약한 자리를 찾아가 앉았다. 옆자리에는 민머리를 한 남자가 다리를 쩍 하니 벌리고 숙면 중이시다. 나보다 열 살은 아래로 보인다. 공연히 불쾌한 얼굴로 부담스러워할 상황은 아니다. 헐렁한 티셔츠와 반바지 차림에 낡은 샌들을 꿰어 신은 나 또한 그에게 달갑지 않을 테니까.

기차 차창 밖으로 동화역이 지나간다. 어릴 적 여름방학 때면 외가에 가기 위해서 내리던 역이다. 기차역에서 내려 다시 버스를 타고 비포장 길을 한참 달렸었다. 버스로 산 고개를 넘으면 외가가 있던 산촌 마을이었다. 이름도 구성진 솔미 마을. 담배 건조장인 높은 흙집들이 있던 풍경은 사라졌다. 허리가 구부러져 지팡이를 짚고 걷던 백발의 외할머니가 어른거린다. 온종일 기차와 버스에서 멀미를 하느라 얼굴이 노래진 말라깽이 손녀가 이렇게 어른이 되었다. 창밖을 향해 손을 흔든다.

안녕, 어린 시절이여.

기차는 '부전', '사북' 등 빛바랜 추억의 역들을 지나가고 있다. 산세가 변해간다. 깊은 협곡과 강과 저수지를 달린다. 중앙선 기차는 변함없이 청량하고 순수한 풍경을 선사하고 있었구나! 이창동 감독의 〈박하사탕〉이 떠오른다. 창밖으로 잊고 있던 과거의 시간들이 스쳐 지나간다.

드디어 바다가 보이기 시작한다! 검푸르게 넘실대는 동해 바다가 영화관의 스크린처럼 열차 차창 가득 펼쳐진다. 자동차를 몰고 왔으면 두 시간이면 도착했을 거리지만 시간이 오래 걸리니 바다가 더 실감나고 생생하다. 대학 시절, 밤 기차를 타고 동틀녘 바다에 다다랐던 그 기쁨과도 다시 조우한다.

묵호역은 휴가철임에도 한산했다. 택시를 잡아타니 여지없이 기사님이 말을 걸어왔다.

언제부터인가 택시 기사와 수다를 떠는 것이 자연스럽다. 대뜸 서울에서 오셨냐고 묻는다. 그리고 행선지인 그 아파트에 대해서도 이러쿵저러쿵 얘기하신다. 요즘 서울 사람들이 그 아파트를 많이 샀다더라, 친구는 여기서 뭘 해 먹고사느냐 등등. 손님에게 말을 거는 것이 이제는 택시 기사의 구수한 예의라는 걸 알고 있다. 나도 대충 지어낸 대답을 한다.

B의 아파트는 바다가 보이는 언덕배기에 있다. 엘리베이터가 없는 6층이다. 집은 참으로 미니멀했다. 이불과 책상, 부탄가스버너에 냄비 하나. 그릇과 수저가 두 벌씩이다. B는 손님들을 배려하기 위해 싱크대에 라면을 채워두었다. 양쪽 베란다 대각선 방향으로 시퍼런 동해 바다가 내다보인다. 서울은 폭염이 기승을 부리고 있는데 창문을 열자, 텅 빈 아파트에 시원한 바닷바람이 통과한다. 거짓말처럼 실내가 금세 쾌적해진다.

후배들은 저녁나절에나 고속버스를 타고서 도착한다고 한다. 슬슬 주변 산책이나 해보기로 했다. 아파트에서 묵호 등대까지 걸어가는 길은 이영애가 버스에서 내려 유지태에게 이별을 고하는 장면에 나오는 길이다. 바다가 내려다보이는 바로 그 도로다.

'사랑이 어떻게 변하니?'

'…'

사랑은 변하지 않는 것이라고 믿었던 청춘들은 이제 그런 질문에 시큰둥한 얼굴로 소주잔을 털어내겠지.

'사랑이 안 변하면 죽어. 바보야.'

저녁에 후배들과 만나면 어시장에 들러야겠다. 회 안주에 술 한잔하며 두런두런 사는 얘기로 수다의 밤을 보내련다.

가볍게 날아간다

특가 항공권

저가 항공사들이 생긴 후로 해외여행을 저렴하게 다녀올 기회가 많아졌다. 노선들도 점점 많아져 알뜰 배낭여행을 좋아하는 나로서는 반가운 일이 아닐 수 없다. 특히 일년에 두 번, 저가항공사들이 내놓은 특가 항공권 행사는 실로 놀라운 가격대이다. 운이 좋으면 단돈 몇 만 원에도 비행기를 타고 해외로 날아갈 수 있다.

특가 항공권이 오픈하는 시각에는 일명 '광클'(인터넷으로 광란의 클릭을 하여 티켓을 예매함)이라는 것을 해야 하는데 인기 여행지는 단 몇 분 만에 표가 매진되기 일쑤다.

핸드폰에 미리 항공사 앱을 깔아놓고 가고 싶은 도시와 날짜를 정한 후 행사 오픈을 기다렸다…, 5, 4, 3, 2, 1, 0, 시작! 초침이 정시를 알리자 잽싸게 손가락을 움직였다. 예상대로 접속자가 폭주하여 앱 화면이 정지되어버렸다. 모래시계만 끝도 없이 뱅글뱅글 돌아갈 뿐이다.

애초에 횡재수라고는 눈곱만치도 없는데 왜 이런 짓을 시작한 걸까. 자괴감이 엄습한다. 그래도 끈질기게 포기하지 않고 기다린다. 아주 조금씩 전진하기 시작한다. 겨우겨우 정보를 입력하고 결제창이 떠서 결제 확인 버튼을 눌렀다. 끝!

아니다, 갑자기 오류창이 뜨더니 제멋대로 초기화면으로 돌아가는 게 아닌가! 짜증이 폭발한다. 몇 번을 반복해도 같은 상황. 도박중독자처럼 손을 털고 돌아서지도 못한 채, 점점 약만 오른다.

이런 소비자 심리를 이용해 항공사들은 특가 이벤트를 만드는 모양이다. 결국 원하는 표는 모두 매진되었고, 인기 없는 지역의 표만 조금 남아 있는 상태였다. 꿩 대신 닭이라는 심정으로 일본 나가사키행 티켓을 끊었다. 나가사키에 대해 아는 거라곤 짬뽕 이름뿐이었지만, 반나절을 씨름해 얻은 결과에 승복하기로 했다.

인터넷으로 나가사키 여행 정보를 찾아봤다. 역시 나가사키 짬뽕과 카스텔라로 도배되다시피 되어 있었다. 일본 3대 미항, 야경을 빼면 그다지 볼 것이 없는, 인기 관광지는 아닌 듯하다. 공연히 싼 티켓이라고 아까운 시간을 쓸 필요는 없지 않을까? 취소를 하려고 항공사에 연락해보고 경악하고 말았다. 당일 취소를 하지 않으면 항공권 금액의 50% 정도의 위약금을 물어야 한단다. 하는 수 없이 쓸 만한 여행 루트를 눈 씻고 더 찾아보기로.

사가현

사가현에 속한 나가사키에서 배를 타고 한 시간 반가량 바다로 나가면 '군함도'라는 섬이 있다. 마침 국내에서 영화 〈군함도〉가 상영되고 있었고, 징용에 끌려갔던 우리 조상들의 한 맺힌 역사적 장소였기 때문에 가보기로 한다.

배에 올랐다. 일본어로만 안내 방송을 하는데 승객 중 한국인은 나뿐인 듯하다. 섬을 둘러보다 쓰고 있던 밀짚모자가 바람에 날아가 절벽 쪽으로 떨어졌다. 나무 한 그루 없는 섬이라 뜨거운 해를 피하라고 배에서 빌려주는 모자였다. 난감한 표정으로 안내원 청년에게 손짓을 했다. 그는 방긋 웃으며 걱정 마시라고 한다. 자기들이 알아서 수거하겠다고. 이렇게 상냥하고 친절한 일본인들이 왜 우리 조상들에게는 그토록 천인공노할 짓을 했을까.

현재의 일본인들은 이 섬이 제국주의 시절, 조선인들이 끌려와 강제 노동에 시달리다 죽어간 곳이라는 걸 알지 못한다. 단지 광산 개발을 위해 모인 사람들이 살았던, 일본 최초의 공동주택이 지어졌던 섬이라고만 알고 간다. 필요에 맞춘 안내와 교육만 하는 그들이 안타깝다.

다음 날은 기차를 타고 아리타로 갔다. 임진왜란에 끌려간 조선의 도공 이삼평이 일본에 최초로 도자기 기술을 전파한 곳이다. 그는 아리타의 산에서 백자를 만들 수 있는 돌과 소나무를 찾아내어 가마를 짓고 백자를 만들었다. 일본 도자기의 시조가 된 이삼평은 도조(도자기의 조상), 도신(도자기의 신)으로 현지에서 추앙받았다. 사는 동안 신격 대우를 받았으며 사후에는 신사에 모셔졌다. 생전에 결코 고국으로 돌아가고 싶어하지 않았다니 이해가 된다. 조선에선 천대받는 도공의 신분으로 살아가야 했기 때문일 것이다.

일본은 당시의 최고의 신기술인 백자를 이마리 항을 통해 유럽에 수출했다. 또한, 교역을 통해 네덜란드의 신기술을 받아들여 경제대국의 기초를 마련하게 되었다. 유럽에 보낼 백자를 싸기 위해 포장지로 쓰였던 우키요에*는 유럽의 인상파 화가들에게 지대한 영향을 주었다. 이 모든 것이 조선의 한 도공에 의해 시작된 일이다.

아리타 도자기 마을을 걷고 있는데 마을 주민이 말을 걸어왔다. 한국인이라고 하자 대뜸 '이삼평' 얘길 한다. 마을 중턱에 이삼평을 모시는 신사가 있다고 한다. 이삼평의 14대 손이 여전히 이 마을에서 도자기를 만든다고. 전날 군함도에서 느꼈던 감정과는 딴판이다. 아리타는 일본에서 유일하게 한국인이 추앙받고 있는 곳이다.

그 다음 날 여행지는 좀처럼 사람들에게 알려지지 않은 '타케오'라는 작은 소도시였다. 유명한 '츠타야 서점'과 3천 년 된 녹나무가 있다. 모던한 건축으로 유명한 타케오 시 도서관에는 츠타야 서점, 스타벅스 카페가 함께 입점해 있다. 이 도서관 덕분에 인구 5만 명의 도시에 해마다 백만 명에 가까운 관광객이 찾아온다고 한다. 잘 지은 도서관 하나가 조그만 지방 도시를 세계적인 관광 명소로 만들어가고 있다.

도서관을 나와서 뒷산으로 이어진 산책로를 걸어 올라갔다. 타케오 신사에서 잠시 숨을 고르고 다시 경내 뒤로 난 길을 따라 올라가니 울창한 대나무 숲이 하늘을 가린다. 마침내 밝은 터가 나오자 3천 년 된 녹나무가 위용을 드러낸다. 미야자키 하야오 감독의 〈이웃집 토토로〉의 모티브가 되어준 나무라고 전해진다. 양평 용문산에 있는 천년 은행나무보다 크지는 않았지만 확실히 귀기 어린 장엄한 생명의 숨결을 느낄 수 있었다.

밤에 호텔방을 나와 타케오의 명물, 온천으로 향한다. 가벼운 옷차림에 호텔에서 준비해준 타월과 온천 할인권을 들고 동네 마실 가듯 걸어간다. 뜨거운 사우나나 온천을 그다지 즐기는 편이 아니었다. 그러나 이날부터 온천을 좋아하게 되었다.

타케오 온천은 나무로 지어진 일본 전통 건축물로 내부는 옛날 동네 목욕탕을 연상시킨다. 탈의실에 있는 낡은 철제 캐비닛에 옷을 넣고, 낡은 새시 문을 드르륵 열었다. 동네 여인들이 김이 오르는 탕에 앉아 조근조근 떠들고 있었다. 남녀 탕을 가로막은 커다란 나무 칸막이 너머로 일과를 마친 아저씨들의 왁자한 목소리가 들려왔다. 뜨거운 탕 안에 몸을 담그자 일시적으로 한기가 몰려온다. 팔뚝에 닭살이 돋아난다. 이런 걸 시원하다고 하는 것이겠지. 뼛속까지 전기가 통하는 느낌이다.

동네 여인들은 내가 외국인이라는 걸 눈치채지 못한 모양이다. 타국의 동네 온천에서 마을 사람들과 벌거벗고 탕 안에 함께 앉아 있게 될 줄이야.

마지막날 밤에는 케이블카를 타고 산에 올라 나가사키 항의 야경을 바라보았다. 이번 여행이 얼마나 알차고 즐거웠던가를 상기했다. 기차 차창 너머로 지나가는 사가현의 푸근한 시골 풍경과 싱싱하고 저렴한 생선회, 엄청나게 친절한 사람들…. 여행에서 조금도 언짢은 일이 없기는 처음이다. 기대도 하지 않았건만 이렇듯 풍요로운 추억들을 남기게 되었다.

어떻든 모든 여행은 옳고도 옳다.

*우키요에_일본 무로마치 시대부터 에도 시대까지 발달한 목판화. 사람, 자연 풍경, 일상생활 따위를 묘사한 풍속화의 형태가 많다.

강연 노마드

용산역 철도회원 라운지에서 노트북을 꺼낸다. 여수로 가는 KTX는 파업으로 운행 편이 줄어 두 시간 뒤에나 출발한다. 강연이 다음 날 이른 오전이라 전날 내려가려고 한다. 지방 강연은 되도록 철도를 이용한다. 장시간 운전을 하게 되면 여독이 쌓이기 때문이다. 기차를 타면 이동 중에도 노트북을 켜고 작업할 수 있어서 좋다. 달리는 책상이 되는 셈이다.

지방 강연이 잡히면 인터넷으로 근처에 가볼 만한 여행지가 있는지 먼저 찾아보곤 한다. 맛집도 여러 개 검색해둔다. 간 김에 여행을 하고 오면 먼 거리에 대한 보상이 되기 때문이다.

차를 운전해서 가기도 한다. 특히 강원도는 산수가 수려하고 원한다면 바다도 볼 수 있다. 강릉에서는 커피를 한잔하고 한적한 해변에도 들른다.

마산 도서관에서 강연을 마친 뒤에는 창녕 우포늪으로 향했다. 예전부터 가고 싶었던 곳인데 먼 거리 때문에 미루고 있었다. 자전거를 빌려 타고 태고의 습지를 둘러본다. 자전거 페달을 밟으며 연둣빛 햇살 속을 천천히 달린다. 봄날의 습지는 고요해 보이지만 생명이 움트는 소리로 가득했다.

전시나 강연 등으로 자주 광주에 갈 일들이 생겼다. 덕분에 조식이 좋은 호텔이나 근처 영화관, 맛집들을 꿰게 되었다. 양림동과 예술의 거리 등 유서 깊은 시내 곳곳의 멋진 카페나 음식점 등도 드나든다. 숙소 근처 운천 호수공원 잔디밭에 앉아 느긋한 오후를 보내기도 한다. 한껏 멋을 낸 청춘 남녀들이 벚꽃 그늘 아래서 사진을 찍으며 환하게 웃는다. 광주 시내에서 한 시간 거리에 있는 담양 죽녹원으로 간다. 푸르른 대나무 숲길에서 하늘을 올려다본다. 바람이 시원하게 모든 근심을 씻어가버린다.

강연 때문에 웬만해선 갈 일이 없는 곳을 찾아가게 되는 재미도 있다. 유명 여행지나 등산 코스가 아니면 연고 없는 지역에 가는 경우는 드물다. 태백은 늘 동해로 가는 길에 지나쳐 가는 도시였다. 탄광에서 고된 노동을 하는 광부들의 검은 땅으로만 알고 있었다. 만나기로 한 도서관 사서는 젊은 아가씨였다. 첫 부임지로 태백에 오게 된 지 보름밖에 지나지 않았다고 했다. 낯선 곳에서 두 해나 보내야 하니 젊은 나이엔 답답할 수도 있겠다. 오늘 수업할 곳은 전교생이 마흔 명인 초등학교다.

쉬는 시간에 아이들이 강아지들처럼 주변으로 몰려와 이런저런 질문을 앞다퉈하는 모습이 천진스럽다.

돌아가기 전에 석탄박물관에 들렀다. 탄광촌 생활상을 보여주기 위한 리얼한 인형들이 다소 엽기적이긴 하지만 광부들의 피땀 어린 노고에 감사한 마음을 안고 나오게 되는 곳이다.

내게도 연탄으로 겨울을 나던 기억이 있다. 아침마다 새마을 노래가 흘러나오면 연탄재를 버리러 동네 사람들이 쓰레기차 주위로 모여들었다. 추운 겨울밤, 연탄을 갈러 나가야 하는 건 끔찍이도 귀찮은 일이었다. 겨울은 춥고 길었고 늘 군것질거리가 필요했다. 연탄불에 구운 고구마는 참 달았다. 엄마가 오래 아프시던 때였다.

강연 섭외 요청은 주로 도서관이나 학교, 도서 축제 관계자로부터 받는다. 전국에 도서관과 학교는 얼마나 많은 걸까. 전국을 돌며 강연 수입으로 살아가는 작가들도 많다고 하니 말이다. 그림책 출간 후엔 서점에서 '작가와의 만남'을 하기도 한다. 요즘은 작가가 직접 독자를 만나러 다니는 일들이 홍보와 판매에 주는 영향을 무시할 수 없다.

강연을 많이 다니게 되면 체력적으로나 정신적으로 소모되는 기분이 들기도 한다. 낯선 장소에서 불특정 다수 앞에 서는 일이 두렵고 거칠게 느껴질 때도 있다. 작가라고 해서 누구나 강연을 잘할 수 있는 건 아니다. 강사는 화가와는 기질적으로 매우 다른 직업이다. 강연도 다른 일들처럼 수없이 많은 시행착오와 경험이 축적되어야 함은 물론이다.

강연이 있는 날은 화가에서 강사로 모드 전환을 한다.

성인 강연을 하고 나면 혹여 말실수를 한 건 아닐까 하는 찜찜한 기분이 남기도 한다. 아이들과 만들기 수업을 하고 나면 에너지가 탈탈 털려버린다. 늘 따듯한 환대만 느끼게 되는 건 아니다. 나를 만나고 싶어하는 독자들 앞이 아니라 단지 누가 와도 별 상관없는 자리를 채우러 온 것 같은 기분이 들 때도 있다. 이런 경우 '도대체 난 여기서 뭘 하고 있을까?' 하는 허탈감이 밀려온다. 안 좋은 기분을 떨쳐내기 위해서 가능한 빨리 그 장소를 벗어난다. 지역 맛집에서 식사를 한다거나 아름다운 여행지에 들러 기분 전환을 한다.

강연을 오래도록 다니려면 즐거운 기억으로 일정을 마무리해야 하기 때문이다.

기차가 여수역에 도착했다. 역 앞에 나오니 공기 속에 바다 냄새가 섞여 있다. 예약해둔 숙소를 향해 걷는다. 여장을 풀고 미리 찾아둔 식당에서 저녁을 먹는다. 소화도 시킬 겸 20여 분 걸어서 '낭만포차거리'에 다다른다. 노랫말처럼 밤바다의 야경이 낭만적이다. 이어폰을 꽂고 버스커버스커의 '여수 밤바다'를 들으며 '이순신 광장'까지 걸어가볼 생각이다.

나의 구름친구

타슈켄트로 가는 비행기는 밤늦게 출발했다. 좁은 비행기 안에서 잠을 청할 수 있을지 걱정스러웠다. 기내는 짐을 태우기 위한 전쟁터 같았다. 승객들은 하나같이 큰 가방을 여러 개씩 들고 기내로 들어왔다. 기내는 만석이다. 여덟 시간 비행 끝에 타슈켄트 공항을 빠져나오니 역 앞에 두 남성분과 앳된 아가씨가 마중 나와 있었다. 연세가 지긋한 분은 안내를 맡아줄 문화인류학 교수님이고 다른 한 분은 예술대학 교수로 아가씨의 아버지였다. 며칠간 안내와 통역을 맡아줄 아가씨는 한국어를 공부하는 여고생이라고 했다.

이번 여행은 중앙아시아 국제문화교류 프로젝트에 참여하게 되어 시작되었다. 다섯 명의 한국그림책 작가들은 각자 중앙아시아 5개국 중 한 나라에 다녀와서 현지의 글작가와 함께 그림책을 만들게 된다. 내가 제비뽑기로 가게 된 나라는 우즈베키스탄이었다. 중앙아시아 국가들 중에서는 카자흐스탄과 더불어 경제가 발전한 나라라 여행이 힘들지 않을 거라고 했다. 한국에서 국적기 직항이 있어 편리했다. 키르기스스탄이나 타지키스탄, 투르크메니스탄처럼 개인적으로 여행하기 어려운 나라를 가는 것도 특별한 추억이 될 듯했다.

　수도인 타슈켄트 시내에서 '하스트이맘' 사원을 둘러보고 '초르수' 바자르에 들렀다. 혼잡한 시장에서 교복을 입은 청년이 다가와 영어로 말을 걸었다. 영어로 가이드하며 시장 구경을 시켜주겠다고 한다. 통역을 해주는 아가씨가 있어서 굳이 필요 없다는 데도 계속 따라오며 안내를 해준다. 청년은 고3인데 오전에 수업이 끝나서 매일 시장에 오는 외국인을 상대로 영어 실전 연습을 한다고 했다. 타슈켄트에서는 고등학교 수업이 몇 시간 되지 않아 학생들은 오후 시간이 자유롭단다. 이 나라는 대학 입시를 준비하기 위해 한국처럼 힘들게 공부하지 않는 모양이다. 내 옆에 있는 어여쁜 아가씨와 같이 다녀보고 싶으려니 짐작했다.
　더위를 피해 잠시 노천카페에 앉아 쉬었다. 청년은 내가 사는 음료수 한잔을 극구 사양한다. 아가씨와 청년은 본토말로 몇 마디 얘기를 나눈다. 인파들 사이에서 낯익은 얼굴이 불쑥 나타난다. 공항에 마중 나왔던 아가씨의 아버지다. "이분은 당신 딸 남자친구예요."라고 농담을 하자 눈에서 광선이 번뜩인다. 그는 청년을 근처로 데리고 가서 뭔가 얘기한다.

"언니, 저희 아빠한테 그런 농담하시면 안 돼요."

우즈베키스탄은 많이 개방된 나라이지만 이슬람 문화에서 아직까지 여성에 대한 가족의 단속(?)이 있다고 했다.

시장 과일들은 엄청나게 싸고 달았다. 한국 돈으로 천 원 정도에 거대한 멜론 두 통을 사서 호텔로 돌아왔다.

다음 날은 글작가 선생님과 만나 타슈켄트 예술대학에 갔다. 파라오 머리 모양을 한 여교장이 예정에 없는 강의를 부탁해왔다. 학생들이 강의실에 모여 앉자 급작스레 수업이 시작되었다. 여고생 통역사는 얼굴이 파랗게 변했다. 자기소개로 가져간 그림책『호텔 파라다이스』를 펼치자 학생들이 반가운 기색을 보인다. 먼지와 내지 곳곳에 화려한 아라베스크 문양을 넣었는데 그것이 우즈베키스탄 전통 문양이라고 했다. 이곳은 실크로드, 그러니까 찬란한 이슬람 문명의 중심지가 아닌가! 놀라운 건 예술대 학생들인데도 고흐나 고갱, 피카소 등 서양화가들을 전혀 알지 못한다는 점이다. 할리우드 배우들조차 아무도 몰랐다. 미국영화를 본 적이 한 번도 없다고 한다. 중앙아시아 나라들은 1991년 구소련으로부터 분리 독립했다. 냉전시대에 서방세계와 맞서 있던 사회주의 국가에 속해 있었다. 자본주의 국가에서 살아온 나는 몸은 동양인이지만 서구문화권 사람이나 다름없다.

우즈베키스탄에서 한국영화와 드라마는 항상 볼 수 있다고 했다. 고故 카리모프 대통령과 이명박 전前 대통령의 각별한 우정으로 두 나라 간 경제 교역이 활발했다. 덕분에 한국 드라마와 영화가 큰 인기를 누리고 있다. 카리모프 대통령은 26년간 철권통치를 한 독재자로 알려져 있다. 하지만 거리에서 여전히 그의 초상화가 팔리고 있었다. 나는 카리모프가 친애하는 나라의 예술가로서 후한 대접을 받았다. 실크로드의 후예들은 멀리서 온 손님에게 융숭히 대접하는 게 예의라고 한다. 마치 국빈이 방문한 듯 깍듯한 대우에 몸 둘 바를 모를 지경이었다. 온종일 수행원들과 일정을 소화하며 다니는 인사들 기분이 이런 걸까.

저녁에 호텔로 돌아와 혼자 근처 대형 슈퍼마켓에 갔다. 온종일 기름진 음식을 먹어서 시원한 맥주 한잔이 간절했다. 요리와 함께 뜨거운 차를 마시는 것이 이곳의 식문화라고 한다. 매장을 돌며 맥주나 술 비슷한 무엇이라도 있나 찾아보아도 좀체 보이질 않았다. 매장 직원에게 맥주를 사고 싶다고 하니 건물 밖에 있는 상가로 가보라고 한다. 매장에서는 술을 팔지 않는단다. 알려준 대로 골목길에 있는 작고 침침한 상점에 들어갔다. 실내에 서 있던 몇몇 남자들이 놀란 얼굴로 쳐다본다. 술을 사러 온 외국여자를 처음 보는 모양이다. 커다란 맥주 한 병을 쥐고 돌아서는 내 등 뒤에서 웃음소리가 들린다.

이곳 사람들은 매우 금욕적인 생활을 한다. 하루에 몇 번씩 확성기를 통해 도시 전체에 기도문이 울리면 모두들 그 자리에서 신에게 기도를 드린다. 어디서도 술과 담배를 하는 사람들은 보지 못했다. 이슬람 문화를 생각하면 떠오르는 호전적인 이미지는 서구의 시선이리라. 지금까지 여행하면서 만나온 이슬람 문화권 사람들은 예의 바르고 점잖은 인성을 지녔다. 말하자면 바른 생활을 하는 사람들이다.

일정에는 없었지만 '사마르칸트'로 가는 고속기차를 탔다. 우즈베키스탄에서 가장 가보고 싶은 곳이었다. 티무르 제국의 황금 사원들과 레기스탄 광장은 기대 이상으로 웅장하고 화려했다. 사마르칸트는 '중앙아시아의 로마'라고 불리는 세계문화유산에 등재된 고대도시다. 화려한 문양의 타일과 황금으로 만든 모스크, 이슬람 건축의 아름다움에 감탄을 금할 수가 없다. 아직까지 파리나 로마처럼 많은 관광객들이 찾아오지 않아서 다행이다.

마지막 일정으로 타슈켄트 시내의 서점을 둘러보기로 했다. 그림책을 만들려면 그 나라의 의상과 전통 가옥, 문양, 생활방식, 인종적 특징 등을 알아야 한다. 민속박물관에도 다녀왔지만 현재 이 나라 어린이들이 보는 책을 보고 싶었다. 시내 서점에는 흔히 그림책이라 불릴 만한 어린이책은 찾을 수 없었다. 디즈니 풍의 문고판이 있었지만 이마저도 인쇄 상태가 좋지 않고 종류도 다양하지 않았다. 서점에서 만난 디자이너에게 내 그림책을 보여주자 놀라는 눈치다. 일단 판형이 크고 제목에 홀로그램 박을 넣은 데다 펼침 그림으로 전체를 채운 점 등이 이채로운 모양이다. 한국에서는 넘쳐나는 그림책이 이곳에서는 아직 태동조차 하지 않은 상태다. 언젠가 중앙아시아에서도 한국 그림책을 만날 수 있기를. 한국에 돌아가면 환대에 대한 보답으로 좋은 그림책을 만들어야겠다고 다짐한다. 우즈베키스탄 글작가에게서 받은 원고의 제목은 '나의 구름친구'다. 구름 저편 우즈베키스탄 어린이들에게 따뜻한 그림책 선물을 보내고 싶다.

우주에서 가장 고독한

당신의 고도

겨우내 벙커에 살고 있다. 이곳은 집이라기보다 우주선이나 잠수함의 작은 생활공간과 흡사하다. 혹한의 추위를 피할 수 있는, 이 행성에서 가장 따듯한 피신처.

벙커는 요즘은 흔치 않은 중앙난방식이다. 벌거벗고 있어도 춥지 않을 만큼 실내는 한겨울에도 28도를 유지하고 있다. 그럼에도 난방비가 시골집의 3분의 1도 안 나온다. 콘크리트 건물들뿐인 삭막한 창밖 풍경을 바라보며 동토의 언덕에 홀로 서 있는 낡은 시골집이 안녕하길 바랄 뿐이다.

난지도가 있던 시절, 쓰레기 냄새로 괴로워하던 벙커의 주민들은 다들 어디로 떠났을까. 재건축이 예정된 30년이 넘은 아파트에서 나는 가끔 엘리베이터를 타고 추락하는 꿈을 꾸곤 한다. 가을이면 노랑으로 병풍을 펼치는 은행나무들은 재개발 공사가 시작되면 어떻게 될까.

몇 달간 벙커에서 두문불출 밀린 작업을 한다. 유유자적 시골 생활을 하던 모습은 환영처럼 사라지고 없다. 다시 도시인답게 초조하고 불안한 사람으로 돌아간다.

어두운 새벽, 근심 속에 의식이 눈을 뜬다. 시간을 아껴야 한다고 마음속에서 또 다른 내가 외친다. 내 생에 남은 에너지로 하고 싶은 작업만 해도 시간이 모자란다. 그러나 생활인으로서의 현실감각도 잊어서는 안 된다.

시골에 있을 땐 돈이 떨어지면 그때 가서 생각하고 한동안 텃밭에 푸성귀들을 뜯어 먹으면 된다고 여유를 부리지 않았던가. 도시로 몸을 옮기자 스르륵 도시 생활자의 마인드로 변해버린다. 목돈이 될 만한 전집들과 나쁘지 않은 동화 원고를 모두 거절했다.

남들은 엄동설한에 일이 없어 다들 굶고 있는데 배부른 소릴 한다며 벌 수 있을 때 벌어두라고 친구가 충고한다. 도시로 오게 되면 앓게 되는 감기처럼 반복되는 현상이다.

벙커는 12층에 있다. 개와 산책을 하고 계단으로 걸어 올라온다. 숨이 턱까지 차오르지만 허벅지 근육을 단련해야 한다. 이곳은 해발 몇 미터쯤 될까? 아마도 시골집과 비슷한 고도가 아닐까. 누구에게나 자신에게 맞는 편안한 고도가 있다고 생각한다. 높은 산에 있어야 기분이 좋은 사람이 있는가 하면 바닷가에 있어야 안정감이 드는 사람도 있다.

나도 바다를 좋아하지만 바닷가에 두어 시간쯤 앉아 있으면 어느덧 무료해진다. 바다보다는 산이 좋다. 깊은 숲속에 있으면

몸도 마음도 청결해지는 기분이다.

한 친구는 올겨울 자녀들과 제주에서 지내겠다고 한다. 다음 작업이 구름에 관한 그림책이라서 광활한 제주의 하늘을 볼 수 있어야 작업이 될 거 같다고 했다. 제주에서는 영감이 뭉게뭉게 피어올랐는데 막상 자신의 집으로 돌아오면 그림이 잘 그려지지 않는다고. 충분히 공감이 가는 얘기다. 모든 작품은 시공간에 영향을 받는다.

장마철 시골집에 번개가 치는 날이면 집 안의 두꺼비집을 내리고 미친개마냥 마당을 뛰어다닌다. 거울 속에 비친 나는 환희에 차서 외로움도 근심도 한 점 없는 얼굴이다. 기묘한 상상력들은 내가 서 있는 고도에서 화학반응을 일으킨 분자들에 의해 생겨난다.

지나치게 이상적이거나 현실감 없는 사람들은 자신이 머물고 있는 고도를 가늠해보면 된다. 너무 높거나 낮은 고도에서 살고 있는 것이 문제일 수도 있다. 세상의 어느 높이에서 가장 편안한지, 상쾌한지, 열정이 샘솟는지, 잠이 잘 오는지 한번쯤 살펴보는 게 좋을 듯하다.

지구가 자전하는 사이

　서쪽 하늘의 구름들이 핑크색으로 물든다. 슬리퍼를 신고 정원에 걸어 나왔다. 보리에게 공을 던져주지만 나이 든 개는 더 이상 공을 물어 오지 않는다. 잔디밭에 엎드려 나를 탐탁잖게 힐끗 보고는 얼굴을 돌려버린다.

　지구가 또 한 바퀴 자전하는 사이 여전히 헝클어진 머리칼과 늘어진 티셔츠, 손톱 밑에 물감 자국이 낀 손으로 하루를 보낸다. 초라한 몰골이다. 온종일 말을 하지 않아 입술도 말라비틀어져 있다. 시선은 구름들 저 너머로 기억 속의 사람들을 떠올린다. 그들 중에 나를 조금이라도 그리워하는 이가 있을까. 붉은 해가 산 뒤로 넘어간다. 아! 부질없는 생각은 집어치우고 저녁 뉴스나 봐야겠다.

　인생에서 가장 고독감을 느끼는 나이가 마흔여덟 살이라는 통계가 있다. 고독하지 않은 나이란 게 있을까마는 분명한 건 사십 대가 되면서 예전만큼 사람들이 필요하지 않게 되었다.

어려운 일들과 해소되지 않은 감정 따위로 누군가에게 징징 댈 일도 없거니와 나 역시 그런 걸 받아주는 데 적잖이 피로감을 느낀다. 일, 육아, 시댁, 남편, 외로움, 상대적 박탈감… 괴로움의 성토대회 같던 친구들과의 만남도 뜸해진다. 더 이상 우왕좌왕 얇은 귀를 팔랑이며 사람들 얘기를 귀동냥할 필요가 없다. 생활의 관성은 크게 변하지 않는다. 이미 자신답게 살아가는 법을 터득해놓았다.

왜 그리 바보같이 선량하게 살았던가 되돌아보기도 한다. 인간관계는 처음 설정대로 가야만 유지가 된다. 착한 사람은 계속 호구가 되고, 권위적인 어른들은 줄을 세우려 들고, 가부장적인 남성들은 순종을 바란다. 작은 변화라도 생기면 그 관계는 종지부를 찍는다.

더 이상 착하게 굴지 않고, 나이 든 사람들에게 순종하지 않으며, 가부장적인 남자들과는 상종도 하지 않는다. 짧은 인생의 시간을 되도록 좋은 기분으로 살아야 하므로.

이 별에서 주어진 대부분의 시간을 나와 마주하며 살아가고 있다. 그러나 외롭지 않다. 아무도 나를 모르는 먼 나라에서 길을 걸을 때도, 망망대해의 바다 위에 떠 있다 해도, 생명의 소리가 들리지 않는 곳은 없기 때문이다.

시골집에 혼자 있으면 무섭지 않느냐고 사람들이 묻는다. 원치 않는 인간관계에 시달리고 헛되이 시간을 버리는 것이 더 무섭다. 그들도 나도 서로 다른 별에서 온 외계인일 뿐이다.

물론, 개가 보초를 서준다. 집 앞에 낯선 차가 오거나, 낯선 사람이 얼씬대면 가차 없이 달려나가 짓는다. 영혼이 외로운 사람에게 하늘에서 개를 보내준다고 했던가.

설거지를 하다가 쓰고 싶은 글귀들이 머릿속을 스르륵 지나간다. 설거지를 서둘러 마치고 재빨리 거실 탁자에 앉아 노트북을 펼친다. 하지만 그사이 떠올랐던 내용들이 하얗게 지워져버렸다.

그림은 한번 이미지가 떠오르면 마음속에 담겨 쉽게 떠나가지 않는다. 좀 머뭇거려도 된다. 그렇게 뜸을 들여서 더 선명해지면 그때 그려내면 된다. 하지만 글은 훅 하고 일상을 치고 들어오는 짧은 순간을 놓치지 않고 퍼내야 한다.

아! '사십 대의 고독'에 대해 쓰고 싶었던 것 같다. 그리고 사람들과의 관계란 변하지 않는다는 것도 쓰려 했었다. 그러나 글들이 다 도망가버렸다

최승자의 시구 '사십 대 식으로'처럼 이제는 고독이란 이빨을 닦으며 생각하는 일상의 감정이다. 외로움이라는 것은 고독과는 다른 의미다. 외로움은 이리저리 달랠 수 있다. 사람들 속에 슬쩍 끼어서 허허실실대거나, 재미난 것들을 보러 다니거나, 술을 마시면 해소가 되기도 한다.

고독은 사막을 여행하다 홀로 밤하늘의 별을 보는 것과 같다. 자신의 내면 깊은 곳의 문을 열고 들어가서, 한 생명으로서 응시하는, 우주에 대한 감탄과 경외로 가득한 슬픔이다.

오늘 밤도 북두칠성이 지붕 위에 떠 있다.

그 비밀스러운 전설들을 국자로 퍼서 쏟아부어줄 것만 같은 밤이다. 작은 반딧불이 날아다니고 풀벌레 소리가 낮게 재잘댄다. 스탠드를 켜고 어제 읽다 만 책을 펼쳐 보다 보리와 함께 이불을 덮고 잠들 것이다.

작업을 놀이처럼

Y작가는 집 밖을 안 나가기로 유명한 일러스트레이터다. 한 달 동안 현관문을 열지 않은 적도 있다고 한다. 주로 밤에 작업하고 낮에는 잠을 자는 올빼미형 생활을 오랫동안 유지해오고 있다. Y의 오랜 취미는 퀼트다. 그녀의 작업실에는 그림 작업하는 책상 바로 뒤에 바느질 책상이 하나 더 있다. 그림을 그리다 지치면 회전의자를 획! 하니 뒤로 돌려 곧장 바느질을 시작한단다. Y에게 바느질하는 시간은 세상에서 가장 편안하게 쉬는 휴식 시간이라고도 한다.

나는 Y가 만들어준 퀼트 가방을 몇 개나 선물받았다. Y와 함께 일했던 주변의 편집자나 디자이너들도 Y의 가방을 우정의 징표처럼 하나씩 들고 다닌다. 찬찬히 그가 준 가방을 살펴보면 바느질이 여간 야무진 게 아니다. 퀼트 가방은 가볍고 따듯해서 앉아 있을 때 무릎과 배를 덮기 딱 좋다. 잠시 소파에 누울 때 피곤한 머리를 기대는 베개가 돼주기도 한다.

높은 도수의 안경을 끼고, 마른 손가락으로 천 조각들을 한 땀 한 땀 꿰매는 Y의 모습이 눈에 선하다. 가방을 둘러메고 나갈 때마다 Y와 대학 캠퍼스를 같이 걷던 시절이 생각난다. 짧은 곱슬머리에 멜빵바지, 펭귄처럼 통통 튀어 오르는 스텝, 풋풋하던 우리는 이렇듯 일벌레가 되어 살아간다.

그림책 작가 N은 아기가 너무 어려서 잠시도 책상에 앉아 집중할 수가 없단다. 아기가 잠든 시간, 육아 일기 쓰듯이 짬짬이 드로잉을 하고, 인스타그램에 올린다. 그녀의 지친 일과를 마감하는 작은 위안거리라고 한다.

왕성한 작업을 하던 작가에게도 육아로 인해서 경력이 단절되고, 작업이 정체되는 것은 피할 수 없는 일이다. 집에서는 온갖 집안일들이 눈에 밟혀 그림 작업에만 몰두하기 어렵다.

N은 이 육아 드로잉들을 모아 책을 만들 생각이다. 아이가 커가며 발견하는 보석 같은 일상의 순간들을 기록한다. 세상 모든 엄마들에게도 공감과 기쁨을 나누는 책이 만들어지기를.

남성 그림작가들 중에는 부인이 직장을 다니는 경우가 많다. 그들은 여성 작가들과 마찬가지로 집안일과 육아를 도맡아하며 작업도 병행한다. 아이는 엄마보다 아빠와 시간을 많이 보낸다. 아빠는 집안일과 요리도 척척 해낸다.

아빠는 아이와의 소소한 일상을 가볍고 유쾌하게 그려 소셜 미디어에 올린다. 많은 작가들이 부모이자, 작가이자, 생활인으로서의 애환을 소셜 미디어를 통해 소통하며 좋은 호응을 얻고 있다. 소셜 미디어의 역할이 포트폴리오를 넘어 본격적인 작품 발표의 장으로 활용되고 있다.

날씨가 좋은 날, 정원을 자주 서성인다. 정원에는 계절마다 늘 꽃이 피어 있다. 부지런히 심어둔 꽃들은 물론이고, 어디선가 날아온 씨앗에서 피어난 야생화들이다.

봄에는 조팝꽃, 불두화, 카모마일, 진달래…, 여름에는 장미, 달맞이꽃, 원추리꽃, 벌개미취, 상사화…, 가을에는 산국, 구절초, 코스모스, 들국화들이 피어난다.

햇볕을 쬐며 졸고 있는 보리를 부른다. 벌써 뭘 할지 눈치를 챈 모양이다. 귀찮은 듯 귀를 뒤로 접은 채로 느리게 걸어온다. 보리의 머리에 꽃을 올려놓고 사진을 찍는다. 요리조리 여러 각도에서 카메라 셔터를 연신 눌러댄다. 나에게는 즐거운 놀이지만 늙은 개에게는 성가신 짓일 뿐이다. 그래도 보리는 잘 응해준다. '네가 그리도 좋아하니 내가 잠시 참아주마.' 하는 표정이다.

보리는 나와 오랫동안 손발을 맞춰온 터라 알아서 포즈를 취하고는 사진을 다 찍을 때까지 움직이지 않는다. 사진 중에 A컷을 고른다. 약간 보정을 하고, 소셜 미디어에 '#꽃보리'라고 해시태그를 붙인다. 사람들이 '좋아요!'를 눌러준다. 꽃과 보리와 함께하는 행복한 놀이인 셈이다. 가끔씩 지인들이 사진을 보고 그걸로 책을 만들어보면 좋겠다고 한다. 언젠가 꽃들의 계절이 수없이 지나가면 사진들이 쌓일 것이다. 보리가 내 곁을 떠난 뒤에는 소중한 추억이 될 테지.

요즘 매일 그림을 그리고 글을 쓰지만 노동을 했다거나 힘든 일을 하며 지내고 있다는 느낌이 없다. 말하자면 과로나 권태처럼 뇌가 부정적인 기록을 하거나, 마음속으로 보상을 바라는 상태가 아니다. 현실은 통장 잔고가 경고 알람을 울리지만 좋아하는 작업으로 충만한 시간을 보내고 있음에 흡족해하고 있다.

손에 기대어

마당에서 빨래를 널다가 벌에 쏘였다. 무심결에 빨래 건조대를 잡았는데 거기에 벌이 앉아 있었다. 예전에 잡초를 뽑다가도 땅벌한테 쏘인 적이 있었다.

얼른 집 안으로 뛰어 들어가 연고를 바르고 상비약을 먹었다. 이번에도 오른손이다.

벌침은 어떤 주사보다도 아프다. 치과 마취주사나 간염 예방주사 저리 가라다. 다행히 말벌이 아닌 쌍살벌이라 별일은 없을 것이다. 금세 손이 부어오르기 시작해서 하던 일을 모두 쉬기로 했다. 오늘은 원치 않게 공치는 날이 되어버렸다. 오른손을 못 쓰니 그림을 그릴 수도 글을 쓸 수도 없는 노릇이다.

욱신대는 손으로 호두나무에 해먹을 걸고 누워 쉬기로 했다. 벌써 여름이 시작되려는 모양이다. 나뭇잎 사이로 얼룩지는 햇살이 제법 따갑다. 오른손이 자연스레 햇볕을 가려준다. 새삼 내 인생은 오른손에 의지해 살아가고 있었구나 생각한다.

신체 부위 중에서는 눈과 손이 주로 일을 한다. 입은 밥 먹을 때 외에는 별로 사용하지 않는다. 사람들을 만나서 떠들고 웃을 때나 가끔 쓸까. 귀는 새소리나 음악을 듣거나, 전화를 받을 때나 필요하다.

손은 그림 그리는 일 말고도 요리를 하고, 밭일을 하고, 청소를 하고, 스마트폰을 만진다. 왼손은 그저 오른손을 보좌하는 정도의 일을 한다. 그래서 오른손이 점점 더 두꺼워지고, 기미가 생기고, 거칠어지고 있다.

숲속을 걸을 때는 나뭇가지나 덤불을 헤치는 것도, 열매를 따서 입으로 가져가는 행동도, 으레 오른손이 먼저 나간다. 낯선 사람과 살을 맞대는 어색한 악수도, 오른손이 감당한다. 세제 묻은 수세미도 오른손이 들었고, 나물을 버무리거나, 도마 위의 칼질도, 낯선 개에게 손을 내밀어 냄새를 맡게 하는 것도 오른손이 도맡아왔다.

나는 손을 아끼지 않았다. 보습제를 발라주거나, 손톱을 정리해준다거나, 그 흔한 네일아트 한번 해주지 않고 방치했다. 정원의 흙일로 손톱 밑이 까만 채로 사람들 앞에 스스럼없이 손을 내보이기도 한다.

'나는 작업하는 사람이니까….'

그림을 그릴 때, 손에 반지를 끼거나 매니큐어를 바르는 일은 거추장스러울 뿐이다.

작고 희던 내 손은 힘줄이 튀어나오고 건조해졌지만, 다부진

목수의 손처럼 믿음직스러운 형태로 바뀌어가고 있다. 어린 시절 외할머니의 고목나무 뿌리 같던 손이나, 엄마의 김치 냄새 밴 손도, 예전엔 다 희고 수줍던 아가씨의 손이었던 것처럼.

벌에 쏘인 손은 실컷 두들겨 맞은 권투선수의 얼굴처럼 푸르스름하게 부어올랐다. 정성껏 연고를 한 번 더 발라준다.

나는 얼굴보다 손의 모습을 믿는다. 나이가 들수록 손은 한 인간이 살아온 세월의 모양새를 하고 있다.

누군가를 위해 매일 밥을 짓는 손, 가위와 머리빗을 들고 머리를 자르는 손, 기사를 쓰며 자판 위를 달리는 손, 침을 놓아주는 한의사의 예리하고 차가운 손, 초밥을 쥐는 일식 요리사의 촉촉한 손, 악기를 다루느라 온 신경이 손끝에 몰려간 붉은 손, 자동차 밑에서 볼트와 너트를 조이는 기름때 낀 손, 한 땀씩 차분차분 바느질을 하는 손…. 부지런하고 착하고 무던하고 단련된 손들…. 손은 거짓이 없다.

나도 손을 부지런히 놀려 먹고사는 사람 중에 하나다. 팔이 떨어지도록 선을 긋고, 가운뎃손가락의 뼈마디가 파이도록 붓을 쥐고 살아왔다. 내 손은 묵묵히 바라는 방향으로 움직여주었다. 믿음직스러운 오른손을 믿고 의지한 채 살아가고 있다.

오늘따라 작지만 자신만만하고 당찼던 오른손이 조금은 지쳐 보인다.

'오늘은 밥도 짓지 말고 한껏 쉬려무나. 왼손이 숟가락질을

배우기로 했단다.'

내가 말했다.

'칠칠맞지 못하게 음식을 더 흘리시겠네요.'라며 오른손이
혀를 끌끌 찬다.

날씨가 좋아서

단풍이 든 나뭇잎들이 한껏 부풀어 올라 금방이라도 우수수 쏟아져 내릴 듯하다.

청명한 하늘과 찬연한 빛깔의 나무와 산들…, 가을의 절정은 이렇게 아슬아슬하게 곁에 머무르고 있다.

날씨가 좋아서 괴롭고 힘들다. 단지 날씨가 좋을 뿐인데, 사랑에 빠져 허우적대는 것처럼 가슴이 시리다. 이럴 땐 집안일을 해야 한다. 괜히 멜로 영화를 보거나 센티한 음악을 들으면 더 고통스러워진다.

정원에 나와 빨래를 널고, 간밤 서리로 시들어버린 가지와 고추를 뽑는다. 호두나무를 타고 하늘까지 올라간 수세미 덩굴을 잡아 끌어내린다. 팔뚝만 한 수세미 방망이를 들고 보리를 놀리며 쫓아다닌다. 까치와 딱따구리도 온종일 소나무 가지를 오르내리며 분주하다. 보리는 새들에게 수시로 으름장을 놓으며 짖어댄다. 주인 행세를 하며 정원과 집 둘레를 순찰한다.

날씨가 좋으면 이토록 아름다운 풍경을 나 혼자 누리는 게 안타깝다. 도시에 있는 부모와 친구들 생각이 난다. 가을빛에 물기를 잃어가는 얼굴들을 불러들여 하릴없이 담소라도 나누고 싶어진다. 전화라도 하려다가, 그만둔다. 고작 전화로 무엇을 전할 수 있을까. 우리는 각자의 천국에서 살고 있고 각자의 가을을 누리면 되는 것을.

옥상에 올라가 마을을 내려다본다. 낮은 산들과 작은 집들은 풍성한 가을빛 속에 물들어 있다. 옥상 구석진 곳, 낙엽 더미 속에 못 보던 고양이 사체가 있다. 이미 털가죽만 남아 곧 부스러질 듯 미라가 되기 직전이다. 오래전에 명을 다한 듯하다.

녀석은 나와 마주치면 눈을 가늘게 뜨고 "야옹" 인사를 하던 점박이 고양이다. 꽤 오랫동안 보이지 않아서 다른 곳으로 거처를 옮겼거니 생각하고 있던 참이다.

녀석은 과묵하고 건장했는데 낮에는 정원 경계석에서 햇볕을 쬐고 저녁이면 슬슬 옥상 지붕 구멍에 들어가 잠들었다.

겨울 한파를 피하라고 스티로폼과 종이 상자로 만들어준 집은 거들떠보지도 않았다. 녀석이 다니는 길목에 국물을 우려내고 남은 멸치를 던져두면 다음 날 없어지긴 했어도, 먼저 먹이를 달라고 조르는 법은 없었다.

꼿꼿한 야성의 존재였다.

'가엾게도 이 좋은 날씨를 더는 즐기지 못하게 됐구나.'

삽으로 구덩이를 파서 녀석이 쉬곤 했던 철쭉나무 아래 낙엽과 함께 묻어주었다.

'봄마다 다시 붉은 철쭉꽃으로 피어나거라.'

날씨가 좋으면 늘 갈등한다. 한 해 중 이렇게 좋은 날씨는 손꼽을 정도로 며칠 되지 않기 때문이다. 살아 있는 존재라면 마땅히 즐기고 누려야 할 천상의 축제가 아닌가. 가까운 곳으로 드라이브를 가거나, 가문비나무들이 노랗게 물들어가는 뒷산으로 보리와 산책을 다녀올까? 작업은 흐리고, 비 오고, 궂은 날로 미루자. 춥고 긴 겨울 동안은 어차피 할 일이라곤 일밖에 없으니까.

그러나 어느새 또 다른 내가, 스윽 하고 나타난다.

'작업의 관건은 집중인데 바깥으로 희희낙락거리면서 돌아다니면, 언제 원하는 작품을 세상에 남기겠다는 거지? 어차피 모든 걸 다 가질 수 없는 게 인생이야. 커튼을 치고 깊은 침잠 속에서 작업에 몰두해. 그것만이 오늘의 너를 내일의 너로 발돋움하게 할 수 있어. 더 나이 들면 작업하고 싶어도 어려운 시기가 온다고.'

중간 지점으로 타협을 하자면, 오늘은 정원에서 작업을 하면 되겠다. 생각해둔 그림책 더미를 만들어보고, 글도 한 편 쓰자. 그리고 스케치북을 들고 나와 정원의 가을 풍경을 그리는 거다.

일단 보리를 불러 머리에 구절초꽃을 올려두고 사진을 찍는다. 맘에 드는 컷이 좀처럼 나오지 않는다.

이번엔 파라솔 아래서 노트북을 펴고 독수리 타법으로 자판을 두드린다.

소나무 그림자가 잔디밭 중앙으로 길게 늘어진다. 스케치북에 연필로 가벼운 드로잉을 몇 장 그린다. 새소리와 연필 사각대는 소리만 들린다. 어느새 오후 해가 기우는지 목덜미가 서늘해진다.

밭 옆에 던져둔 가지, 호박과 고추를 주워 들고 집 안으로 들어간다. 서둘러 빨래도 걷고, 보리도 불러들인다. 오후의 빛들도 창백하게 그늘진다. 오늘의 분주한 마음들은 여기서 그만 접는다.

오후 다섯 시가 되자 '가을주의보' 발령은 해제되었다.

게으름이 필요해

밤새 비가 왔다. 하루 만에 여름에서 가을로 점프한 날씨. 깊어진 오후 햇살이 창문 커튼 표면에서 아른거린다.

개어놓은 이불 더미에 묻혀 종일토록 소설책만 읽었다. 하루를 그냥 흘려보냈다. 보리가 방으로 들어와서 저녁밥을 달라고 보챈다.

일찍부터 아침 겸 점심밥을 먹고 바로 책을 집어 드는 바람에 오후가 되었다. 새벽녘에 글은 조금 썼지만 그림은 아예 손도 못 댔다.

그림책에 그려 넣을 음식 이미지가 필요해서 인터넷으로 자료를 검색해야 하는데, 귀찮다. 조수가 있어 이런 일들을 대신 해준다면 좀 더 부지런해질지도 모르겠다. 조수까지 쓰면서 빈둥댈 수는 없을 테니까.

지금도 충분히 조용하게 살고 있지만, 어떻게 하면 아무에게도 방해받지 않고 살 수 있을까 고심한다. 대부분의 시간을 혼자 있으면서도 항상 시간이 부족하다고 생각한다. 정원을 구석구석까지 어슬렁거리거나, 이불에 누워 천장을 멍하니 올려다보면서 어영부영 또 시간을 보낸다. 종종 면벽참선하는 수도승처럼 몇 시간씩 멍하니 앉아 있을 때도 있다. 단조로운 사방연속무늬의 벽지를 마주 본다.

작업을 하기 위해서는 흔들리는 마음결이 고요한 수평을 이루는 시간이 필요하다. 그래야 어느 찰나 불현듯 찾아오는 무언가가 작업의 씨앗으로 발화할 수 있다. 마치 강물에 낚싯줄을 드리우고 입질이 오기를 하염없이 기다리는 강태공처럼, 나는 혼자 있기도 바쁘다.

창작의 씨가 움트려면 게으름이라는 토양이 필요하다. 논과 밭에 한 해도 쉬지 않고 농사를 지으면 흙에 기름기가 빠져 곡식과 작물들이 부실하게 자란다. 억지로 수확을 늘리려고 농약을 치거나 비료를 뿌리면 지렁이들과 미생물들이 죽고, 흙은 골병이 드는 것과 마찬가지다. 머릿속 밭을 한동안 묵혀두어야 한다. 뜬구름 같은 상념들이 흘러가게 놔두어야 한다. 그 속으로 벌레들과 지렁이와 두더지가 지나다니며 숨구멍을 뚫어놓는다.

물론, 너무 오래 묵혀두면 온갖 풀씨가 날아와서 온통 쑥대밭이 될 수도 있다.

『빈둥빈둥 당당하게 니트족으로 사는 법』이란 책을 읽었다.

참 좋은 발상이다. 실천하는 사람들이 존경스럽다. 가난과 빈대 붙음. 자잘하게 돈벌기, 수치스러움 견디는 법, 그러면서 당당하게 사회의 일원으로 살아가는 방법들이 상세하고 구체적으로 나와 있다.

'노숙자로 사는 법'이란 책도 나오면 좋겠다. 자신의 그 어떤 모습이라도, 제 삶의 당위성을 갖는 건 좋은 일이다.

종일 빈둥대며 하루를 보냈다고 말하면, 전화기 속 친구 왈, "너는 더 놀아야 돼. 아주 진탕 놀아야 돼. 그래야 스스로 양심에 가책을 느끼고 다시 진득하게 일을 한다니깐."

맞는 말이다.

올해는 의뢰 들어오는 일러스트 일을 되도록 받지 않을 생각이다. 진행 중인 그림책과 글쓰기에 집중하리라 마음먹었다. 출판사로부터 독촉 전화가 없어서인지 방학을 보내는 아이처럼 한없이 게을러지고 있다.

습관이란 무서운 것이다. 글을 많이 쓰는 날에도, 그림을 그리지 않으면 왠지 아무 일도 하지 않은 기분이 들어 개운치가 않다. 정말 구식 화가의 성실한 생활 태도이다.

그림 그리는 사람은 자신이 파둔 굴속에 처박혀 세월을 보낸다. 굴 밖에 사는 사람들은 그런 굴이 어디에 있는지도 모르고 지나쳐 간다. 하지만 그 굴속에서 그림을 그리고 재미난 공상에 빠져 시간을 보낸다는 건 은밀한 축복이다.

유행 따라 개성이 없는 작품들이 많아지는 이유는 무엇일까 생각해본다. 아이러니하게도, 작가들이 너무나 부지런해서이다. 다른 작가들의 작품을 보고 너무 열심히 연구하기 때문이다. 유명한 전시회를 보러 다니고, 잘나가는 작가의 소셜 미디어 계정을 팔로잉하며, 성공한 작가의 행적을 제발 연구하지 마시길!

작가들은 할 수 있는 최대한으로 게으르게 자신의 고유한 삶을 살아야 하지 않을까.

세상에서 '나'이기가 제일 어렵다. 자신의 아이덴티티로 먹고사는 작가들은 그 누구보다도 '나'이어야 한다. 작품이 뜨고, 안 뜨고는 그 다음 운에게 맡길 문제이다.

앗, 해가 기운다. 수영을 다녀오면 하루가 끝날 것이다. 마음이 초조해진다. 책을 덮는다.

호두나무 작업실

5월이 오면 호두나무 그늘은 야외 작업실이 된다. 이파리가 풍성해지는 늦봄과 초여름 사이, 이곳은 천국의 책상이 아닐 수 없다. 여린 연두색 이파리와 열매에서는 애플민트 향기가 난다. 잎사귀에 코를 대고 숨을 깊이 들이쉰다. 기분이 금세 좋아진다.

비치파라솔용 테이블을 나무 그늘로 옮겨와 책상으로 쓴다. 그 위에 동남아에서 사온 화려한 문양의 천을 깔고 노트북과 책, 스케치 도구, 찻잔과 찻주전자를 가져다 놓는다.

책상 옆에는 앉기 좋게 평평한 너럭바위가 있다. 가을이면 바위에 걸터앉아 굴러떨어진 호두알들을 돌로 깨서 먹는다. 신선한 호두 속살이 코코야자처럼 고소하다.

호두나무 그늘은 매년 점점 커져간다. 올려다보니 나무가 휘어지도록 호두가 달렸다. 늦여름부터는 새들이 날아와서 호두를 파먹는다. 열매의 반은 새들 몫이다.

후투티, 산비둘기, 까치, 까마귀, 직박구리, 꿩, 딱따구리….
우리 집은 동네 새들의 마을회관이다. 제때에 나무에서 과실들
을 털지 않는데다 약도 치지 않으니 애벌레들도 많다. 오디, 보
리수, 앵두, 버찌, 대추, 살구, 자두, 꽃사과…. 계절을 돌아가며
먹거리가 풍부한 집이다.

작년 가을에는 늘어진 호두나무 가지를 전정하지 않고 그냥
두었다. 올해는 수양버들처럼 가지가 아래로 드리워져서 낮은
지붕 모양이 되었다. 집 밖에서는 내 얼굴이 나뭇잎들에 가려
서 보이지 않는다.

책상 바로 옆에 있는 산벚나무와 호두나무 사이에 해먹도 걸
어두었다. 해먹에 누워 책을 읽거나 낮잠을 자곤 한다. 사람 키
가 넘는 산벚나무 중간쯤에는 새집을 달아두었다. 친구의 아버
지가 만든 솜씨다. 새집 안으로 비가 새어들지 않게 뾰족한 지
붕에 양철까지 덧대어져 있다.

호두나무 옆 텃밭에선 토마토와 감자, 옥수수가 자라고 있다.
나무 그늘이 넓게 퍼진 탓에 햇빛을 많이 받지 못해 상태가 영
부실하다. 그래도 기특하게 매년 옥수수와 감자가 꼬박꼬박 열
린다. 알이 작아도 장마철 출출할 때 삼삼한 간식거리가 되어
준다.

새집에는 곤줄박이가 둥지를 틀었다. 벌써 새끼들이 부화를
했는지 어느새 찍찍거리는 소리가 들린다. 어미 새는 대략 5분
에 한 번씩은 부지런히 벌레를 잡아 나른다. 틈틈이 아기 새의

배설물을 내다 버리는 것도 잊지 않는다. 새집 아래서 얼씬대는 내가 무척이나 거슬렸는지 맞은편 의자 등받이 위에 앉아 뭐라 뭐라 지껄인다.

'내가 잠깐 자릴 비울 때마다, 내 새끼 잘 보고 있으라고!'

어쩌나 신신당부를 하는지.

어미 곤줄박이가 없는 사이 새끼는 구멍 밖으로 동그란 얼굴을 내밀고 바깥세상을 내다본다. 새끼에게는 곧 박차고 날아가야 하는 두렵고 신비한 세상이다. 나와 눈이 마주치자 소스라치게 놀라 구멍 속으로 쏙! 들어간다.

한참 노트북 자판을 두드리고 있는데 픽! 소리와 함께 무언가 책상 위로 떨어진다. 거대한 연두색 애벌레다. 어른 남자 손가락보다 더 굵다. 보송보송한 연둣빛 털을 움직거리며 자판을 지나 노트북 위로 기어오른다. 통통하고 귀여운 여러 개의 발들이 아기 신발을 신겨놓은 것 같다. 인터넷을 찾아보니 '밤나무산누에 나방'의 애벌레란다. 이곳은 밤나무가 아니라 호두나무인지라 녀석을 비탈진 언덕에 놓아주고 돌아왔다. 설마 밤새 다시 기어와 내일도 책상 위로 또 떨어지는 건 아니겠지?

호두나무 작업실은 손님들을 위한 식당이나 카페가 되어주기도 한다. 카모마일이 만발하는 5월은 모기도 파리도 없다. 설사 벌레를 무서워하는 사람들도 이곳에서 쾌적한 한나절을 보낼 수 있다. 새로이 깔린 연둣빛 잔디 융단 위에서 식탁을 차린다. 스파게티나 가볍게 국수를 말기도 한다. 먹을 수 있는 흰제

비꽃과 카모마일 꽃, 한련화…. 텃밭의 이들이들한 채소들로 샐러드를 준비한다. 5월의 보석 같은 열매들을 두루 섞은 수제 요거트도 곁들인다.

새소리와 함께하는 행복한 점심식사다. 후식으로는 얼음을 띄운 오미자차나 갓 내린 커피를 마신다.

언제까지 이 정원의 변화무쌍한 사계의 풍경들을 즐기며 평온한 일상을 보낼 수 있을까?

아프지 않고 걱정 근심 없는 날들이 앞으로 얼마나 남아 있을까. 누군가에게 지나갔고 내게는 오지 않은 일들 말이다. 보리를 부른다. 웃으며 한달음에 달려온다. 꼬리를 흔드는 녀석의 머리를 쓰다듬어준다.

빛나는 것들이 가득한 계절이다. 여전히 모든 것들이 사라지지 않고 내 곁에 있어줘서 고맙다.

그림을 그리지 않았다면 다른 어떤 일을 할 수 있었을까 가끔 생각해본다. 글 쓰는 일을 하지 않았을까 싶다가도 요리사나 개성파 조연 배우를 하고 싶다는 상상도 해본다. 이과 쪽 일이 아니라면 대체로 그럭저럭 해나갈 수 있었을 것이다. 그러나 그림을 그리는 일만큼 줄기차게 해오지는 못했으리라. 내가 가장 자신 있게 할 수 있는 건 역시 그림 그리기이다. 어릴 적부터 주변 친구들은 화가가 되기로 한 나를 부러워했다. 일찍이 갈 길이 정해져 있어 무엇을 하며 살아갈지 고민할 필요가 없지 않느냐고. 하지만 예술가의 길을 선택한다는 것은 험난한 삶을 의미했고 기꺼이 받아들일 자세를 갖춰야 했다. 고독과 가난과 소외라는 19세기 낭만적 예술 3종 세트는 아닐지라도, 나의 성향상 스스로를 파괴해나갈 것임에 틀림이 없었다.

순수미술가로 활동하며 생계를 위해 시작한 출판 일러스트레이션 또한 만만치 않았다. 둘 다 그림을 그리는 일이지만 동시에 집중하기는 어려웠다. 그렇게 마음 한구석이 무너진 채 출판미술가로 오랫동안 길을 걸어나갔다.

지난했던 산언덕들을 넘어가다 보니 각기 다른 방향으로만 보이던 길들이 어느새 드넓은 들판 길로 이어지는 게 아닌가! 그곳에는 무수히 아름다운 꽃들이 피고 지고 있었다. 크든 작든 화려하든 소박하든 모두가 각자의 자리에서 피어난 애틋하고 아름다운 꽃들이었다.

이제는 내 안의 해와 별을 따라 길을 걸어간다. 불안도 외로움도 훌훌 털어버린다. 중요한 건 세상의 인정도 보상도 아니다. 꽃들을 보며 감탄하는 것, 먼 곳에서 불어온 바람에 가슴이 설레는 것, 다시 힘을 내며 산을 올라보는 것, 산마루에서 먼 풍경들을 바라보며 땀을 식히는 것, 마주치는 생명들과 다정스레 미소 짓는 것… 매일 붓끝을 따라가는 하루하루다.

2020 호두나무 작업실에서

소윤경

호두나무 작업실

ⓒ 소윤경 2020

2020년 3월 10일 1판 1쇄

지은이 · 소윤경
편집 · 김진, 이지연, 김재아
디자인 · Studio Marzan 김성미
제작 · 박흥기
마케팅 · 이병규, 이민정, 최다은
홍보 · 조민희, 강효원
인쇄 · (주)로얄프로세스
제책 · 책다움

펴낸이 · 강맑실
펴낸곳 · (주)사계절출판사
등록 · 제406-2003-034호
주소 · (우)10881 경기도 파주시 회동길 252
전화 · 031)955-8588, 8558
전송 · 마케팅부 031)955-8595 편집부 031)955-8596
홈페이지 · www.sakyejul.net
전자우편 · picturebook@sakyejul.com
블로그 · skjmail.blog.me
페이스북 · facebook.com/sakyejulpicture
트위터 · twitter.com/sakyejul
인스타그램 · sakyejul_picturebook

ISBN 979-11-6094-540-9 03810
CIP제어번호:CIP2020007544

값은 뒤표지에 적혀 있습니다. 잘못 만든 책은 구입하신 서점에서 바꾸어 드립니다.
사계절출판사는 성장의 의미를 생각합니다. 사계절출판사는 독자 여러분의 의견에 늘 귀기울이고 있습니다.
이 책은 저작권법에 따라 보호받는 저작물이므로 무단전재와 무단복제를 금합니다.